你来了，
我就 不挑了

李 月 亮 著

You are
the one I choose

江苏凤凰文艺出版社
JIANGSU PHOENIX LITERATURE AND
ART PUBLISHING, LTD

第二章

没关系啊，因为是爱情

目录
Contents

第一章
你来了，我就不挑了

第一章

Chapter 1

你 来了，我 就 不挑了

最佳女配

一

1

罗达深夜一点给我打电话，劈头说，不管了，老子要表白。

我哆哆嗦嗦摸开台灯，深呼吸，稳了半晌，问他：跟谁表白？

跟菇菇啊！难道跟你？罗达大着舌头说。

你先醒醒酒再说吧，舌头这么大，能表明白吗？我冷静下来，冷静到了心痛的地步。

我没喝大。不是，舌头大了，头没大，清醒的。

电话那边传来酒吧特有的喧闹。我拿脚后跟也能想出来，罗达一定又是被大灰灌大了。大灰这厮没别的本事，唯一拿手的就是灌醉罗达，然后怂恿他表白。

让大灰接电话。我说。

好。罗达痛快答应，但足足停顿了一分钟后，他告诉我，大灰没在，接着就把电话挂了。我用另外一个脚后跟想到了大灰一头扎在吧台底下装鸵鸟的死样。

于是我拨了大灰的号码。拨了三遍他才接。那边的背景声跟刚才罗达的一模一样，但他还哼哼唧唧地装蒜：干吗啊，睡觉呢。

我瞬间七窍生烟，继而火冒三丈：大灰你能不把罗达往火坑里推吗，你这么一次次陷害人家不觉得良心不安吗？

不觉得。大灰嗫嚅着说。我为他们俩好，他们俩好了多好。

你想得美。菇菇不可能看上罗达！

不试试怎么知道？

试了万一不成呢？

你是怕万一成了吧？

你闭嘴！我吓坏了，气急败坏吼住他。罗达就在旁边，就算醉了，有些话也万万不能让他听到。

—

2

如你所见，我们的世界一共四个人。菇菇，罗达，我，大灰，我们组成了一个不能循环的生物链，就像老虎、狐狸、兔子和胡萝卜，一个站在一个身后，都以无法抗拒的被宰割的姿态，被前面那个吃得死死的，也都做着春秋大梦，幻想有朝一日溯流而上，吃到前面那个。

光荣地站在食物链最顶端的菇菇，我把她比作老虎，但罗达唤她女神。事实上我们俩的看法都严重偏离真相，她只是个幼儿园老师，一个纯美的，温柔的，弹得一手烂钢琴的幼儿园老师。

我和菇菇都在少年宫兼职教钢琴。一年前的某天，罗达去找我蹭饭，他去得太早了，围着楼转了五圈我还没下课。于是他爬上来，挨个教室找我。我在四室，但罗达找到三室就停住了，一停就停了整整二十分钟。

到我提早下了课，迫不及待出来找他时，他还守在三室后门口，掉了魂似的往里看。

我喊他，他听不见。我走过去拍了他一巴掌，他没搭理。我凑到窗口一看，原来菇菇在里面。

我就知道大事不好了。

那天我们找的餐馆很烂，菜又咸又慢。但罗达一点都没计较，他目光呆滞一脸的心不在焉，不时地对着盘子里被炖得面目全非的鲶鱼露出羞涩的笑，鱼汤滴在衬衫上都没发觉。

认识罗达八年，我还是第一次见识他这副老房子着火的德性。

我多想兜头几盆冷水把那火扑灭呀。可他一开口说“你隔壁那个女孩，弹钢琴的样子真好看”，我就老老实实地把菇菇的情况都招了。无条件地顺从配合，想他所想急他所急，是我这么多年养成的恶习，改不掉了。

第二天罗达打电话给我，说晚上请你吃饭吧。我说好哇。他说我也把大灰喊来。我说好呀。他又说，你叫上菇菇好吗？我说，呃，好吧。

其实我完全可以，或者说实在应该把他最后那个要求咔掉，晚上大摇大摆去吃饭，然后告诉他，菇菇跟男朋友看电影去了呢，她男朋友是富二代呢，他们马上就要结婚并且准备生三个小孩呢。

——我倒真希望有那么一回事，可事实上没有，所以我也编不出那样的情节。我乖乖地约了菇菇，她也乖乖地来了。

罗达是个寡言的人，但那天他的话奇迹般多了起来，而且妙趣横生妙语连珠，逗得菇菇一晚上都在笑。好开心，跟你们在一起。她说。罗达听她这么说，自然也好开心。大灰就不用说了，他一贯都好开心。

只有我不开心。我痛心，痛心疾首。

这世界多不公平。有的人，凭着一个弹钢琴的侧影就能赢得另一个人。而有的人，肝脑涂地浑身插满刀都不能换来一丝一毫。

那天以后，我们就频繁地凑在一起鬼混。多半都是大灰先约我，说出来耍吧。我说行，喊上罗达。然后罗达说，行，喊上菇菇。

我们的三人组就这么扩充到了四个人，一下子丰满了，也一下子混乱了。

—
3

有必要说一句，其实我是学美术的，虽然钢琴也过了八级。从这个角度说，我也算多才多艺。我妈花了二十年的时间想把我打造成一个艺术界的双料翘楚，她成功了。但我并不成功，我除了琴棋书画，样样都不通，尤其不懂人事，呃不对，人情世故。

大灰有一个画廊，专门卖我们这种刚大学毕业的穷屌丝的画。罗达以前给他做掮客，他把我们的画搜集起来成箱地往大灰的画廊搬，从中牟利。我每次都把最得意的作品以极低的价格给他，让他多赚点。这价格低得让他良心不安了，死活要求我涨价，我偏不涨，他就放弃了代理人的身份，直接带我去找大灰。

我才知道，那些我只收一百块的画，被大灰精心装裱后挂在画廊最显眼的地方，用镭射灯照着，卖五千八。

大灰看到我，仿佛见到财神下凡，恭敬谄媚得我直起鸡皮疙瘩。其实我看到自己那些破画受到这样的优待，心里也感激得不行，但这感激被大灰的低三下四破坏了，他越奉承我，我越瞧不上他。

回去后罗达问我，你觉得大灰人怎么样。我说，能看上我的画，说明他眼光不怎么样。罗达连连点头说：还真是。

但其实我们都错了。我那些在画室里扔一地的画，在他手里总能卖出好价钱，有一幅居然卖到了五位数。而且他会给我方向性的指导，说你画什么什么，用什么什么画法，达到什么什么意境……我照着他的要求画，屡获成功。——我说的成功是，被人高价买走。

有次我去给大灰送画，正赶上他跟一个客户推销我的一幅向日葵。这厮口吐莲花把那幅画夸得体无完肤，顺带着还夸作者，说那是个多么美丽动人心思细密才华横溢的女子，我在一旁听着，羞愧得腿都软了。结果客户拍下一万块，把那画带走了。

他一走，我立刻严正抗议，说大灰你这是坑蒙拐骗。大灰说，我哪骗了？句句都是实话！我说你还说作者多么美多么优秀多么……哎呀你那些话我都不好意思学。大灰拽着我的一只胳膊把我拉到镜子前头，说，你自己照照，不美吗？

我看着镜子里自己那张面红耳赤的脸，顿时悲愤交加，我说大灰你再涮我咱俩就绝交。

大灰也生起气来，说，你为什么老这么妄自菲薄，你多优秀你都不知道。以后你的画不要卖给别的画廊，他们都坑你。

都给你，让你坑我。我气呼呼地背起包，想走。大灰堵住门，态度缓和下来，说今儿这笔赚了，咱去嗨皮下吧。我不听，还想走。他说，我喊着罗达一起。

我顿时没脾气了。

那天晚上，我们胡吃海喝了一通后，转去K歌。我最爱听罗达唱歌，他右手拿麦左手插裤袋的样子比王力宏还迷人。他唱《大城小爱》，唱《穿越人海》唱《菊花台》，我听一万首也听不够。

而我唱得比罗达还多。因为唱太多，所以根本不记得唱过什么。还是在很久以后，大灰告诉我，那天我唱过《等你爱我》，唱得情真意切，眼泛泪花。而他就是在那一刻，爱上了我。

大灰说，他早看出我对罗达的意思，也因此一直竭力忍着不对我产生妄想，但那天我蜷在沙发上撕心裂肺地唱“等你爱我，哪怕只有一次也就足够”的样子，彻底冲破了他的防守。他知道自己悲剧了，可他无法阻挡悲剧的发生。

大灰是多聪明的人呐。

是不是越聪明的人越不被爱呢？

4

春天的时候，我心血来潮画了一幅两个小孩儿在花间嬉闹的画。大灰看了很喜欢，隆重地裱好，高高地挂在画廊最重要的位置，说这幅不卖了，当镇店之宝。据他说，好几个客户想高价买走，他都没卖。

我压根没信。

直到有一次，我们四人组正在画廊打牌，一个油头粉面的南方人走进来，扫了一眼店里的画，指着我那幅《双童嬉花图》，问，那幅多少钱？

大灰笑嘻嘻地说，不好意思老板，那幅是我镇店的，不卖，您看看别的画吧。

南方人又扫了一圈，说，就那幅吧，你开个价。

大灰说，真不卖。

罗达瞪了大灰一眼，放下牌站起来，说，老板你开个价吧。

南方人想了想，摇头晃脑地说：6666，怎么样？图个吉利。我媳妇怀了双胞胎，我看你这画挺喜庆。

我很满意，冲着大灰拼命点头。菇菇和罗达也都挤眉弄眼地表示这是个可喜的价格。但大灰依然很有气节地说：多少钱也不卖。

南方人皱起了眉，说八千。

大灰说，八万也不卖。

罗达捣了大灰一拳，小声说，有病吧你。

南方人又涨到一万，一万二，一万三，大灰还是不停摇头。到一万五的时候，罗达扛不住了，大手一挥说，成交。我和菇菇立刻默契地搬着板凳要去摘画。

大灰厉声把我们喝住，生气地说，干吗呀你们，我的画廊，我说不卖就不卖。

我也生气了，说我的画，我说卖就卖。然后我们四个七嘴八舌一起说他，大灰眼见自己势单力孤，急了，抓住我们一个一个往外推，说，都走都走，我要关门了。

把我们都轰出来后，他立刻锁了门，自己在里面抽烟。我和菇菇拍着门说，我们的包还在里面呢。他把门开了个小缝，哗地把俩包扔出来，接着又锁上了。

这人。

我们仨义愤填膺地往回走。一路赌咒发誓说再也不跟他玩儿了。

时间尚早，我们转去罗达家看电影。他家有一套巨牛叉的音箱和大屏幕，有数不清的电影碟片，都是正版的。用大灰的话说，他赚那几个臭钱都糟蹋到这上面了。

我曾把在罗达家看电影视为人生最高享受，但以前并没有太多机会来。还是在菇菇出现以后，罗达才好客起来，说他家大门常打开，开放怀抱等我们。

菇菇在一大堆碟片里翻了半天，挑出《午夜巴塞罗那》，说看这个吧。罗达说真有眼光，我也正想看它呢。我很想说这片子我都看过三遍了，但我没有发言权，只好跟着看第四遍。

我没想到的是，同一部电影，一个人在家里的电脑上看，和在暗恋的人家里跟他暗恋的人一起看，感受是完全不同的。很多之前完全没留意的台词，比如"只有不满足的爱最浪漫""经过数千年的文明，人们依然学不会怎样去爱"都给了我新的感触。

是的，我们都还没有学会如何去爱。你看罗达，他本来是个多坦率自在的人啊，可一旦有菇菇坐在身边，他就变得那么谨小慎微无所适从。

他也不会爱呢。他也要看菇菇的脸色揣摩菇菇的心思呢。

电影结束后，我们讨论起了旅行。罗达说，要是能一起去一趟西班牙多好。菇菇说是呀。我说那你们俩就去吧，菇菇大笑，我俩？罗达飞快地看了她一眼，脸忽然红了，他羞涩地笑了笑，低下头，掰着手指结结巴巴地说，四个啊，咱们，当然是。

罗达那个蠢萌蠢萌的样子太撩人了。我看着他，心里五味杂陈。

可爱的大男孩，多希望令你情动的人是我啊。

还是别做梦了，菇菇说，我们四个那么穷。

然后我们不约而同地骂起了大灰。这个死心眼的，到手的钱不赚，真卖了那幅画就够一个半人去西班牙了。

做了好几年生意居然还这么轴，卖了那幅再画一幅一样的不就得了吗？病得不轻！罗达咬牙切齿地说，好像是大灰毁了他的甜蜜爱情之旅。

我决定给大灰打电话，痛痛快快骂他一顿。摸出手机，却发现一条来自大灰的短信早就到了。

他说，对不起，那幅画我真不想卖，因为画上的小孩很像你也很像我，我第一眼看到，就觉得那是我们俩的孩子，卖那画，我就觉得是卖我们的孩子。很抱歉，这话我没法说出口，希望你理解。

我拿着手机愣在当场。

罗达催我，打啊。

我说不打了，他也怪不容易的。

—
5

第二天，大灰请我们喝酒赎罪。我们三个谁都没有履行头一天的誓言，屁颠屁颠地全去了。去是去了，也没轻饶他，罗达和菇菇整整骂了他俩钟头。大灰找了八十个理由给自己辩解。我在旁边紧张得要死，生怕他说出那个真正的理由来。

还好他没说，这方面他是有分寸的。但是他灌了罗达好多酒，还不停赞美菇菇，说她是个多么好的姑娘，跟罗达多般配。这个时候，只要罗达稍微一努力，窗户纸就捅开了。

可惜罗达舌头大了，话说不利索了，他试了好几次，都没把话说明白。

我很生大灰的气，把他拉到外面，直截了当地说，你以为把罗达跟菇菇攒到一起我就会死心吗？大灰说，你得明白他心里没你。我说我心里还没你呢。他愣了一下，说，那不要紧，我心里有你就行了。

—
6

就在上个月，菇菇有了男朋友，是她的大学同学，追了她好久的。得知这个喜讯，我比自己找到了男朋友还开心。

菇菇特地把男友带到画廊跟我们见面。罗达和大灰看到他，脸上都有难以掩饰的愤懑。

三个男人聊天时，我和菇菇去买西瓜，她一路都在讲他们有情人终成眷属的故事。我在最后那一刻终于鼓起勇气问，要是罗达也追你，你会考虑吗？

她想了一下，说，不考虑，完全不合适。

原来是这个答案。我舒了一口气，真是的，白白杞人忧天这么久。

要是大灰追你，你考虑吗？菇菇忽然问我。

我立刻摇头：不考虑，完全不合适。跟你一样。

我们俩都乐了。

乐过之后，我心中忽然生出一丝悲苦：如果同样的问题抛给罗达，他对我的答案，也一定是“不考虑，完全不合适”吧？

那天晚上，我们五个去K歌。罗达、大灰和我——两个不被考虑的男人和一个不被考虑的女人，每人都凄凄惨惨撕心裂肺地唱了一遍《等你爱我》。

而我们心里其实都清楚，我们谁也等不到谁了，就像狐狸无论如何吃不到老虎，胡萝卜也永远无法得到小白兔。在这条生物链里，我们的位置早就固定了，所以结局也早定了。在这里，爱情的生态是不平衡的。

当然，我知道一定还有另一条爱情生物链存在，在那里，我会找到另一个人，他是老虎也是胡萝卜，我是狐狸也是小白兔，我们彼此征服，也彼此臣服。

好吧，唱完这首歌，我就要去找他了。

你来了，我就不挑了

—
1

我讨厌隔壁的黑妞。

在这个古老的二居室的东卧里，我已经住了三年，西卧的租客换得像快餐店翻台一样频繁，他们有男有女，有老有少，有美有丑，但没有一个像黑妞这么烦人的，她制造的垃圾和噪音以及霸占卫生间的时间都是我的十三倍以上，她凌晨两点还在声嘶力竭地讲电话，她的草莓烂成水了也不扔，每天她喷了香水穿着薄纱黑超咣当一声打开门高冷地走出来时，都有一群小黑虫欢快地跟着飞出来。

我不擅长指责和吵架，所以只能暗自祈祷她速速搬走，祈祷某天下班回家，发现她扔在客厅的十几双高跟鞋和吊在过道里的内裤文胸长筒袜以及她的全部家当统统都不见了，而我永世不再和此类人种相遇。

可那一天却千呼万唤总不来。我只好采取阿Q式的自我救赎法，每天靠默念“我这点苦难算什么，她未来的老公才真叫惨”强撑着过下去。

问题是这种女人能找到老公吗？有一天我忽然开始怀疑。这怀疑令我的自我拯救失效了，我意识到自己的苦难也许永远不会有人接盘。

于是我不得不考虑离开这个早住惯了的廉价小窝，以每月多付八百块的代价，告别黑妞的蹂躏，尽管我刚刚换了工作，囊中相当羞涩。

不想，我正焦头烂额看房子，黑妞领着男朋友回来了。

看到那个比黑妞还黑的男生的时候，我百感交集。他友好地跟我打招呼，我更友好地回应他，还顺手把正在洗的葡萄分了一半给他们吃——我知道这种嫁祸于人的行为是可耻的，但当传说中的礼义廉耻遇上每月八百块的额外花销时，我还是屈服了。

人穷志短没良心。这是我姥姥说我二表姥姥的。我也没好哪儿去。

好在黑妞和她男朋友没有让我白白背负道德压力，他们看起来相处得非常不错，还在那个小黑虫萦绕的房间里共度了一晚。

看来真的有那种宽厚大度不拘小节、只求温软女人香不在乎满屋垃圾臭的男人啊。我感到欣慰，默默祝福他们百年好合早生贵子。

万万没想到，不久之后黑妞居然又带回来一男生。而且比之前那位更高，更瘦，更好看。我太惊诧了，以至于那男生向我点头微笑时，我只“啊”了一声，一点笑都没挤出来。

回房间镇定了一会儿，我决定弥补。于是又洗了一盘葡萄端过去。

黑妞没在。男生正提着个大塑料袋把她那些长了毛的面包、水果往里装，我端着葡萄找不到地方放，他也找不到，但他很快掏出一包纸巾，抽出两张铺在床上说，放这吧。

这个举动让我知道他是个干净人。

放下葡萄，我礼貌性地问：那谁呢？——我都不知道黑妞的名字。

他笑笑说，去我那边了。

嗯？

今天她住我那边，我住这儿。

嗯？

我是他男朋友的室友。

噢。我恍然大悟。随即邪恶地看了一眼黑妞的单人床，它确实太小了。

—

2

爱干净的男生越来越频繁地来我们这边住。这是个好现象，更好的现象是，他每次来，都从黑妞房间里弄出许多垃圾，顺带着把客厅走廊厨房都清理一遍。他还爱做饭，所以当我下班回来，打开门闻到菜香，又看到整洁的客厅，就知道他又来了。

可想而知我多么欢迎他的到来。这欢迎直接写在我脸上，每回我们在这小房子里狭路相逢，我都像见了吉祥物一样，笑得很开怀。

这友好想来和吉祥物是有感应的。我一见他就笑，他也一见我就乐。有一回我赞他刚炒好的回锅肉“好香”，他立刻说，拿碗来，分你一半！我哪里好意思，赶紧说不用我吃过了。然后钻回房间关上门，狼吞虎咽吃了个面包，把那个小谎言变成现实。

不过虽然没尝到他的回锅肉，那天我们却一起分享了两集《纸牌屋》——其实我们都知道对方在追此剧，因为每次晚饭后，两个房间传出的都是安德伍德那老奸巨猾的独白。

这回吉祥物把笔记本搬到了客厅，招呼我说，一起看啊。

我当然没意见，独乐乐不如众乐乐。何况跟男生看这种剧，还有个通行的福利：遇到不懂之处，他会暂停下来，给你讲那些晦涩的梗是何隐喻。

在这方面，吉祥物尤其合格。他甚至能指出一些翻译的误差，哪里跑偏了，哪里夸大其词了，哪里流于表面了……我们像看足球比赛一样边看边解说，两集剧足足看了两个半小时。最后还意犹未尽，补充性地加聊了一会儿。聊美剧，聊中国政治，聊房租，聊我们自己。

于是我知道他在一家小公司做翻译，业余给另一些小公司翻译产品说明书，给混日子的研究生翻译毕业论文，给不提气的中学生做家教。

我还知道了他叫苏奇志——从他电脑桌面的文件名上看到的。

第二天，苏奇志直接做了两人份的晚餐。我一回去他就从厨房探出头，隔着一层淡淡的油烟冲我大声说：先别吃饭啊，今儿我宴请你。我扭捏了一下，接受了，然后换了鞋挤进厨房说，那我来帮你吧。他连连摆着油花花的双手像轰鸟似的往外轰我：出去出去，等着就行。

厨房太小了，确实不适合两个没有特定关系的单身男女同时容身。我于是退出来，回到卧室，坐下，又坐不住，不时起身往厨房偷瞄。

网上曾有个关于“男人什么时候最美”的讨论，有很多答案我都赞同，比如对着镜子拉一下领带，弯腰轻抚一只哈巴狗，演说前稍作停顿目光扫视全场……现在我想追加一条：捧着肉片站在油锅前，安静地等着葱姜爆出香味儿的男人，也是极美的。

在这个肉香沉醉的傍晚，我有点出神了。

苏奇志的手艺确实不错，他说这得益于大学四年在餐馆打工的苦逼岁月，当时为了多赚点，他在洗碗时偷师学艺，慢慢升级为主厨，于是学费生活费就全搞定了。我表示敬佩。他淡然一笑：穷人家孩子嘛。

他笑得淡泊又明亮，像雨过天晴后山顶的阳光。

不好意思，我又出神了。

后来他洗了碗、收拾了厨房、倒了垃圾，又抱出笔记本，熟练地打开《纸牌屋》，我看着他那只握着鼠标的干净细长的手，忽然有点想握上去。

当然，这太唐突了，我可不敢。

转天，我提早下班，去肉店买了一大堆排骨。礼尚往来，该我请人家了。

可迎接我的，却是黑妞那双久未露面的高跟鞋，和她房间里传出的一声声哀嚎——我不要听你解释！啊啊啊！你倒是说呀！啊啊啊！闭嘴你这个骗子了！啊啊啊……

我胸闷异常。默默回到房间，放下排骨，泡了包方便面，伴着隔壁的哭叫声艰难地往嘴里塞。我塞一口，她骂一声，我再塞一口，她又骂一声。我本来口味就不重，这种佐餐对我的身心实在是巨大的挑战。我数十次想放下筷子走出房间，去敲她的门，对她说，别作了，秀下限风险很大的，你这样的……还是乖乖回到他的怀抱吧，现在就去，撒个娇卖个萌，跟他白头偕老，顺带着，把苏奇志给我换回来。

——呃，是的，我真正想说的其实是最后这句。

晚上八点，新的《纸牌屋》更出来了。我第一时间打开，却看得兴味索然，半集没看完就关了。倒不是因为隔壁哭声的干扰，而是我想到了一句话：好东西要与爱人分享。

我想跟那个人分享。

不知道他怎么想呢？

—
3

黑妞没有跟她男朋友和好。我一个人把排骨炖了，没精打采地吃了三天。

啃完最后一块骨头，我把垃圾装好，提着出去倒，结果一开门，就见苏奇志和黑妞的男朋友站在外面。

我们，来劝劝她。苏奇志说。

啊，欢迎！我使劲矜持着，音调还是带了点欢呼的意思。

黑妞是何等敏锐，闻声立刻从房里蹿出来，不由分说把他们往外推。

我拼命拉她，嘴上说着不要这样啊，心里想着不要连累我啊。

所幸黑妞以一敌三，不是对手，很快败下阵来，和她男朋友钻进卧室鬼哭狼嚎地去算账了。

我和苏奇志站在客厅，有点无奈，有点尴尬，又还有点意味不明的欢喜。

苏奇志看了看被黑妞摆得不堪入目的客厅，轻轻摇头，小声说，是有点不招人待见哈。

我说何止啊，简直是招人起杀心——到我房间吧，好歹能坐一下。

苏奇志在我唯一的椅子上正襟危坐，比拍一寸照片还规矩。

男人和男人真是天差地别啊。我不禁想起了两个月前刚刚停止交往的那个男人，我们第二次见面，他就把手放在了我的大腿上。这多可恶！更可恶的是，我竟然没有拒绝，这使我至今都无法原谅自己。我为什么不拒绝呢？就算他是我老板，是业界精英，是女人们趋之若鹜的一块大肥肉，可我明明早知道这块肥肉上已经落满了苍蝇，而我根本不是那些同类的对手，竟然还傻不愣登地去尝试了，傻不愣登地把自己变成了一只脏兮兮黏糊糊的无脑寄生虫。

那些被他沾染的污腐，我正极力洗脱。而他留给我的大牌包包、首饰、大衣，我还没想好如何处置，它们现在就堆在苏奇志身边的箱子里，他显然注意到了。

他花了相当长的时间注视它们，而我也在用同样长的时间搜肠刮肚找说得通的解释。

可是就像一个手拿赃物的小偷被逮个正着，用什么谎言才能洗脱嫌疑？

我想不出来，只好发起别的话题，我说，这几天没看《纸牌屋》，不知道安德伍德那老家伙怎么样了。

苏奇志端正地坐着，说，我也没看。

我说那天我买了好些排骨，想回请你呢，可是你没来。

他笑笑。眼睛又落在那堆大牌蠢货上。

气氛僵滞起来，我正绞尽脑汁寻求破解，隔壁忽然传来一记耳光的脆响，接着就是男人忍无可忍的怒吼：打我？我弄死你！然后桌子椅子都噼里啪啦地响起来，黑妞高分贝的尖叫变得异样。

不好！苏奇志倏地站起身夺门而出，我紧随其后跟到了西卧门口，只见那个血脉贲张的男人正死死掐住黑妞的脖子，饿狼一般。

苏奇志冲过去掰他的手。饿狼不放，凶神恶煞地说：她打我！

苏奇志一拳砸在他小腹上：她是女的啊！你打女人算本事？！

饿狼丧失了理智，放开黑妞挥拳回敬苏奇志。黑妞趁机爬起来，嚎叫着冲了出去。饿狼犹豫了几秒，撒腿往外追。

那一对转眼间消失无踪。苏奇志揉着胳膊说，这货真下狠手啊。然后拉起衬衫的袖子，一片淤青。

我没料想这么严重，下意识地伸手去摸，他却迅速躲开了。我的手停在半空，好尴尬。

哦不是，我，我没关系，苏奇志有点结巴了，穷人家孩子，被打惯了。

我缩回手，脑子飞速转了几个弯，忽然明白他要说的不是“被打惯了”而是“穷人家孩子”。

我也是穷人家孩子，我说，跟你一伙的。

苏奇志很认真地看我，目光灼灼有力，我要花很大的勇气才能接住，所幸我接住了。我们对视的时间超过了三秒，这三秒让我们心里都有了数。

你说他们还会回来吗？我说。

希望不会。他说。

—

4

黑妞果然没回来。我和苏奇志坐在我的床上，心神游离地补了三集《纸牌屋》。到第四集广告时，他的眼睛又飘向那堆大牌。

我终于摁下笔记本，毅然说，我跟你说过两个月前刚刚换了工作吧？

他点头。

现在我想告诉你原因，原因是，我跟老板分手了。

苏奇志看着我，目光忧郁。

我没要过他一毛钱，我说，那些东西，我先前以为能代表一些真诚和爱，其实根本不是，那只是一种低级的交换，我换来了才知道，它们毫无意义，也可能是我的能量太有限，换了这些，就换不来一颗真心，我过去高估了自己，以为只要抓住机会用心用力，就什么都能得到，纯粹的鲁莽和无知。

苏奇志起身拿起一个粉色香奈儿山茶花链条包，看了半天，转头问我：没有这个，也能活下去，对吗？

能。我十分肯定地说。

可是我上一个女朋友，就非要买一个这样的包，我买不起，她就找别人去了，现在她有了好几个。

可是她没有了你，她是个傻姑娘。

偏偏我遇到的都是这样的姑娘。所以一看到你这箱子，我真有点怕了。

你刚才英雄救美都没怕。

我能打败活人，但我打不过香奈儿、凯迪拉克、二百平的房子。

那些我都不要，我本来也配不上。但我不知道，我能不能，配得上你。

苏奇志笑了，伸出他白净美好的右手，慷慨而认真地，交给了我。

—
5

第二天，我和苏奇志抬着那个大箱子去夜市上摆了个小摊。路过的女人有福了，她们花三百块就能买到原价一万三的包包，虽是二手，也太合算了。

可惜逛夜市的小姑娘，识货的实在太少，没什么人照顾我们的生意。那一堆曾经以晃眼的价格雄踞在专卖店里大牌货，因为失去了标签，又摆在一条破床单上，完全不如旁边五块钱三双的袜子有吸引力。

我替它们感到羞耻。抬回去吧，我对苏奇志说，送给隔壁——

“黑妞”俩字还在喉咙里，苏奇志忽然说起了鸟语，我顺着他的视线，看到了一外国女人，她已经走过去了，又被苏奇志的鸟语吸了回来，俩人呜哩哇啦讲了几句，外国女人蹲下来，饶有兴致地把我们的货翻了一遍，然后，全买下了。

三千块。是我们那晚的收成，也是我那段感情的最后结算。

我们帮外国女人把大箱子拖到她的车上，她很开心，临别时握着苏奇志的手庄重地说了句什么。我以为是“你是个好同志”之类的，但苏奇志告诉我，她说，那是真正的奢侈品。

我拉过苏奇志的胳膊，说，这才是真正的奢侈品。

就在那一刻，我忽然对前男友释怀了。他用一段假冒伪劣的感情，让我知道了什么样的男人才真的可贵。

男人的种类五花八门，最粗略地分，也有里里外外都很庸常的，有从内到外闪闪发光的，有挂了大牌标签的烂货，还有，摆在地摊上的奢侈品。

这四种男人我都遇到过。第一种我不想要，第二种我够不着，第三种我以为是小棉袄，拿到手才知道是块破抹布，非但不能温暖和保护我，还把我弄脏了，唯一的用处是，他擦亮了我的眼睛，让我能够准确认出第四种男人——真正的Mr. superstar。

对于一个待嫁的女孩来说，运气固不可少，但识货无疑更重要。我很替苏奇志的前女友们惋惜，她们为了追求商场里的假大牌，轻易放掉了地摊上的奢侈品。人生的糊涂有许多种，这是最令人扼腕的一种。

哦对了，我姥姥还说过，得了便宜别卖乖，金银财宝要偷着带。

哦，亲爱的苏奇志，如果今夜我在梦里笑得像个傻姑，请别见怪，我只是太得意了。

别怕，我真心

1

听说莫少侬要回青岛，百合早早把礼物准备好了。

一条嫣红真丝长围巾，是给他妈妈的，老太太是摄影发烧友，整天跟着一群老影友四处采风，凭着浓墨彩妆和艳丽衣装坚持跟同行的女人作斗争，并屡屡胜出，成为最受大爷们宠爱的模特。这条围巾是百合精心为她挑选的，百合坚信这美好的嫣红定能帮她在竞争中取得更大优势。

给莫爸爸的礼物，是一双兔毛护膝，柔软而细腻，套上去就像真有两只兔子在腿边拱着似的，百合希望它能在寒冬里慰藉老爷子快要失去功能的双腿，以及眼巴巴看着老婆四处游逛而无法尾随的悲凉的心。

如果上帝肯给她这两件礼物评语的话，他一定会说：绝了。

百合自己也相信，世上再不会有人能送出比这两样更贴心的礼物了，就算莫少侬本人也不行。在送礼这件事上，知己知彼是第一，挖空心思是第二，要想事半功倍，需要智商情商和工夫三方面有效结合，她做了多少功课啊，比高考复习还用心呢。

不过准备礼物是学问，送出去是更大的学问。百合知道莫少侬不会轻易收下，想了很久，终于出了下策，她在下班时间等在莫少侬单位门口，他一出来，她立即嬉皮笑脸把礼物挂到他手臂上，还顺手缠了一圈。不收不行，强送。

莫少侬挺意外，眼珠一翻嘴角一沉，想拒绝。百合赶紧凑到他身边小声说，别闹，你同事在后面看着呢。

就这样把礼送出去了，百合心中大快。不过她也知道，明天莫少侬那帮八婆女同事们又能多个谈资了。她一向是她们的谈资，因为她对莫少侬的死缠烂打、百折不挠、越挫越勇，她们把这些统归为一个字，贱。

“贱”是多么居心不良的一个字啊，它既毒又充满羞辱，没有哪个女人愿意与它为伍。但百合接受了。经过认真思量，她确定犯贱也是一种获取幸福的方式，现在匍匐前进，是为了将来昂首享福。她赋予这个词全新的意义：坚定、勇敢、乐观。试想一下，若有人在事业上拿出这样的劲头，那他一定得到广泛赞誉，为什么换到爱情就不行了呢？勤勤恳恳兢兢业业地追求自己的爱情，何错之有？

所以那些想拿流言蜚语想把她逼疯的人注定要失败了，百合轻轻松松过了“人言可畏”这一关。

—
2

第一次见莫少侬是前年冬天，在一个长途汽车站外，莫少侬提着大包小包等着打车，百合也提着大包小包跟在他后面打。时间太晚了，没车。俩人都快站成冰雕了，好不容易有一辆开过来，停在了莫少侬旁边。百合忧伤地看着他和包包一起上了车，想着等到下一辆过来，她怕是已经在这里归西了。她等的不是出租车，是救命车。然后就看见开了几步的车在她身边停了下来，莫少侬打开车窗问她去哪儿，她说了住址，他说一起上来吧，不算绕。

百合感激涕零，刚要往车上爬，司机看出要带两个人赚一份钱，不干了，说不能俩一起送。高大壮实的莫少侬看了看他，说，四个人你也得拉吧？司机一计不成又生一计，说你俩包太多，放不下。莫少侬较上了劲，说要是能放上我就投诉你。然后他亲自下车，帮百合把行李一样样塞进车，和她一起豪迈地上了车。

莫少侬家近，先到。临下车前他如数把车钱给了百合，看了司机一眼，又塞给她一张名片，叮嘱，有事找我。那一刻，山东男人的正直豪爽仗义全都写在他脸上了，百合心中的好感油然而生。她留恋地看着莫少侬一件件往车下拿行李，衷心地想说一句：同志，你是个好人。

莫少侬的名片上写着，盛大房地产公司置业顾问。原来是卖房子的。百合的大脑立刻变成了高速齿轮，飞旋着盘算着怎么能跟他产生点瓜葛，去他那买套房？不行，现在这套还按揭着呢。假装买房去骚扰他一趟？不好，万一被识破，后果太严重。介绍熟人去买？谁买？齿轮在此处转了很多圈，数十个亲友的音容笑貌在她眼前一一闪过，最终就像抽大奖一样，画面定位在了大学同宿舍死党秋秋脸上。秋秋毕业以后拼死拼活攒，手头终于有了点积蓄，上次她说在犹豫买房还是买车，当时百合还支持她买车，现在想想，太没远见了，早知道撺掇她买房多好。

好在秋秋是慢性子，花掉那笔钱的事还没提上日程。百合苦口婆心求了半天情，她终于答应陪百合去盛大楼盘看看。

3

有了由头，百合就朝莫少侬下手了。她给他打电话，费了好些口舌，才让他想起她是哪个。好人大概都这样，施恩从不图报，尤其这种滴水之恩，施完就忘得干干净净了，要不老记挂着曾经扶过马路的老奶奶，顺便送回家的精神病，正好帮路人抓住的抢包贼……还不累死。

好在百合准备充分，她在他毫无记忆并毫无防备的情况下，凭借之前想好的各种疑问各种说明各种套近乎，居然使这通电话正儿八经地进行了10分52秒。所谓有备无患，放哪儿都是真理。

于是等再见面时，他们就已经有点熟了。百合买房时转过无数楼盘，经验教训能写本书，现在她最大的感悟就是售楼小姐（或先生）的话不能信。他们个个比赵本山能忽悠，什么腐朽在那些人嘴里都能化为神奇，信十句你至少上当八句。但莫少侬跟那些人不一样，他讲起来十分诚恳，谈优点也谈缺点，哪个采光糟，哪个临街吵，哪个户型孬，都实实在在告诉你。

百合在心里为他竖大拇指，也给自己竖——我看上的，果然没错。同时她也有点为他担忧，她半开玩笑小声问他：你讲这么多缺点，谁还买，你是这里业绩最差的置业顾问吧？

莫少侬露出一个很好看的笑容：正好相反，我都连续四个月业绩第一了。他用嘴努努墙上的光荣榜，百合放眼一看，果然，莫少侬帅帅的笑脸赫然雄踞榜首。百合心里一阵得意，理由还是——看咱这眼光。她欢喜地恭维他：你看着就值得信赖。他又笑笑：其实人都不傻，采光不好你说得天花乱坠人家还是能看出来采光不好，不如实话实说赢得信任，卖房子拼的不是花言巧语，是人品。

百合表示赞同，并在心里附和：找对象也是。

本来就是掐着吃午饭的点去的，所以等她们看完，时间正好是莫少侬中午下班。百合义不容辞要请客，说要感谢他那天在冰天雪地里的救命之恩。

秋秋多懂事啊，既然老同学敞开了少女的心扉，她自然要鞠躬尽瘁扶上马送一程。于是整顿饭就成了百合的表彰宴，秋秋把她能想到的赞美全掏出来了，夸得百合花枝乱颤。

莫少侬配合着一起夸，夸到最后百合饭都吃不下了。她含羞带愧去买单，前台却告诉她：那位男士已经买了。——你看，好人处处都能证明他是好人。

百合更加觉得亏欠了这位千载难逢的好人。不过这是个很讨喜的亏欠，因为有欠就要有还嘛，欠一次还一次，感情就深一次，多好。

百合把还的机会选在了妇女节。那天九成女人和三成男人都有半天假期，百合就把他们请到家里喝茶，当然，其中必须包括莫少侬。

众人欢聚一堂胡侃神聊的时候，莫少侬东张西望地打量她的小家。卖房子的对房子有兴趣，天经地义。百合于是带领他参观了一圈。房子不大，但设计装修都很有想法，正常人一看就能知道，把家打造成这样的女主人一定又勤快又懂生活又品位不俗。

转到阳台时，莫少侬在舒服雅致的大藤椅上坐了下来，看着两边高高矮矮的茂盛绿植，点头称赞：真不错。百合趁机端出几盘自制的小点心给他吃：尝尝，都是我自己做的。

莫少侬被她的好手艺镇住了，难以置信地求证：你做的？百合得意地点头，看着他吃得喷喷香的样子，心想，我还是做饭高手呢，你要是从了我，以后保准把你养得珠圆玉润。

从很久以前百合就知道，她长相不美，腰身不辣，工作一般，家境平平，作为老婆候选人，绝对不算上乘，也绝不会让男人一见钟情，二见钟情三见钟情都十分困难。饶是她冰雪聪明、蕙质兰心，但总得有点本事让男人停下来，然后才能有机会把他留下来。所以这么些年，她从没停止过才艺训练。

虽说恋爱是桩小事，但这小事里可含着重重机关——选怎样的男人，如何吸引他，他不买账怎么办……全是难题。百合智商一百六，比爱因斯坦只低五分。而情商相比智商，估计只高不低，所以她懂得针对个人情况，制定准确的择偶方案。

4

不过有些事情，并不是智商高就能解决的。尽管百合小心翼翼费尽心机，但莫少侬还是很快识破了她的鬼胎，他开始礼貌地退让。她约他去乡下玩，他说真抱歉，最近好忙。给他打电话，三分钟后他便客气地提出结束。她每次含沙射影提到感情，他都小心回避。

百合有点受打击，但一点不气馁。就算他觉得她不配，也是暂时的、正常的，她还没把最好的自己展露给他，不能苛求他一来就爱上一个没看出多少优点的女人。

那天莫少侬随口说食堂的午饭好难吃，百合立刻找到了突破口，说我每天都自带午饭，顺便给你捎一份吧。

然后她就开始了盛大的午餐工程。每天提早一小时起床，备好两份精美奢华的午餐，送到莫少侬单位的保安室一份，自己带走一份。

看得出来莫少侬是喜欢她的花样午餐的，但他不喜欢那份隐藏在午餐里的企图，他吃得压力很大，所以很快便叫停，说实在不想麻烦她。百合连说没关系，真是顺便捎一份而已，然后继续给他送。又送了好久才知道，她呕心沥血的作品，大部分被保安吃掉了。之前莫少依吩咐了保安拒收，但百合坚持来送，饥饿的保安们就自作主张地收了，然后自作主张地吃了，偶尔吃完了会良心发现，知会莫少依一声：那姑娘又送饭了，我们帮你吃了——倒像学雷锋做好事似的。

百合就是从那时起成了售楼处的谈资的。她精心制作的午餐，偶尔送去的小礼物，不时打给他的电话，都被女人们夸大了许多倍，加以嘲笑和蔑视，她们封给她一个相当威武的“雅号”：追魂女魔头。每次百合一有动作，她们便大惊小怪：追魂，又追魂来了！

这些都是秋秋后来去盛大时发现的。她真的看好了那里的一套房，准备买下来。

你那个莫少聪啊，秋秋说（她始终拿不准他的名字），人确实不错，但好像很难攻，你这样用心良苦，却成了笑柄，我看算了吧。

百合也觉得挺伤自尊。尤其当她知道她那些饱含深情的午餐，最后都到了保安的胃里，还生出许多夸大其词的嘲笑，憋屈得心都碎成灰。

但她克服了这伤痛，这是高智商高情商给她的福利。她知道以自己的条件，必须要牺牲一些矜持和骄傲，去交换想要的幸福。

她太看好莫少依了，一想到将来能做他的媳妇，享有他温暖坚定的笑容，他诚心诚意的爱情，他厚实有力的保护，她就美得找不着北。

她决不允许这么好的男人花落别家。

5

百合作为一个笑料，出没在莫少侬的生活里，并连累得莫少侬也成了笑料。同事们在取笑她的时候，肯定也会捎带着涮一涮他。一个正直诚恳的好人是不希望扮演这种角色的，于是他尽量向后退，拉开与她的距离。

那阵子百合很苦闷，像一只口渴的乌鸦，围着个封了口的水瓶子转来转去，怎么都找不到下嘴的地方。有快三个月的时间，她一次也没打扰他。当然他也绝不会打扰她一次。他是那只被乌鸦啄烦了的瓶子，巴不得她赶快飞走另寻水源。

最后还是良好的人脉帮了百合。她拐弯抹角找到了莫少侬的一个大学校友，他不认识莫少侬，但认识一个跟莫少侬同届的女孩，那女孩认识一个和莫少侬同班的青岛男生——同班同学，又是老乡，再不熟就没天理了吧？百合一通请客吃饭送礼求情，终于打通了那个青岛老乡，他做了她的卧底。

在莫少侬以为百合已经默默从他生命里消失的时候，百合其实正在像便衣调查嫌疑犯那样，事无巨细地了解他的过去和现在。她知道他去年刚刚被甩，目前正被爹娘往死里催婚，他爹是老寒腿，他娘是摄影发烧友……所以在莫少侬回青岛时，她才能出其不意地送出两份绝妙的礼物。他开始肯定不知道那礼物的可贵，要到双亲都喜笑颜开赞不绝口时，他才开始给她加分。

还有好几次，莫少依出差，或者见客户，或者逛超市的时候，都“偶然”遇到了百合。他一方面有点惊奇缘分这回事，另一方面，也慢慢了解到她对社会，对房地产，对买酱牛肉，都很有些见解。她可真不像外表看起来那么平凡。

到秋秋签购房合同的时候，莫少依终于首度主动提起了百合，评价她是个内秀的姑娘。

秋秋向百合汇报了这个喜讯：你那个MSN啊——既然怎么都分不清莫少依还是莫少聪，她干脆用他的姓名首字母代替，这是个多洋气多有知名度的英文名啊——秋秋说，他夸你内秀呢，八成对你有意思了。

百合喜不自禁，但仍保持谨慎的乐观。夸一句不能证明什么，万一是安慰奖呢，她要的可是头等大奖。

6

百合从路人甲升级成了莫少依应付催婚的挡箭牌。老家电话一来，他便理直气壮答复：谈着呢，挺好的。他把这事告诉了百合，说上次你送的礼物二老十分喜欢，我就顺便拿你挡挡，不介意吧？百合当然不介意，别小看这个升级，挡箭牌就好比预备党员，只要你用心，转正只是时间问题。

秋天来的时候，百合又给莫少依送了一次饭。这次没送到保安室，她邀请他到附近的小公园吃饭。

他们一起坐在一条被晒得热乎乎的长椅上，捧着她精心制作的意大利面，踩着脚下早落的黄叶，聊起了那个已经熟了的话题。

以前我特傻，百合说，老觉得世界上这么多男人，好男人肯定也不少，我怎么还不碰上几个？但真开始找了才发现，情况一点也不乐观，越是怀着美好的愿望就越碰不上美好的男人。后来我觉得找不到想找的人了，特失望，然后就忽然遇到了你，怎么说呢，我觉得这是老天爷给我的赏赐，所以特别珍惜。

莫少侬吃得津津有味，也听得津津有味，但他仿佛在听一件跟自己无关的事，她说完半天，他也不接话。百合提心吊胆地等着，手里的叉子无意识地挑着那盒一口没动的意大利面，一根一根把它们摆放整齐。眼看一盒面都摆成步兵方阵了，莫少侬居然拿出手机拨起了电话。一边拨，才一边对百合说：待会通了你跟我妈说，下次采风上咱们这来，让她那帮老伙伴都来尝尝她未来儿媳妇的手艺。

媳妇这俩字太动人了。百合激动得差点把饭盒掉地上。

因为毫无思想准备，她在接过电话时比面对千军万马还紧张，但是莫妈妈开口一句亲切的“百合啊，早想见见你了”，让她明白原来自己早已不是外人。

挂掉电话时，百合手上的汗都能浇花了。

还没缓过神，一个保安探头探脑走了过来，大声说，还真是你们俩，躲这吃饭来啦！有我的份没？

百合上去就拍了他一巴掌：你吃得还少啊你，差点坏了我大事！

莫少依在身后应和：就是，你差点坏了我们俩的大事。

——听听，我们俩，这词儿多美好。

君子翻盘

一
1

分手第八天，是马成生日，阿苏前所未有的难过。一大早便对着床头的画发呆，那是她专门为马成生日画的，三匹马，一匹比一匹大，象征十岁二十岁和三十岁的他，最大那一匹边上，依偎着一只小羊，代表她。

多漂亮多清雅的一幅好画，可惜要砸自己手里了。阿苏有些不甘心，觉得一股劲在胸口努着。洗漱完照照镜子，发现脸色不好，顺手打了点腮红，又弄了弄头发。这天的头发很给力，随手一挽就现出一幅媚态，她潜意识里有点喜悦，捡出来最好看的衣服换上，又站在画前，她忽然明白自己想干什么了。

没错，得把这画给马成送去，得做最后一搏，拉回那匹跑掉的马，就像牧马人那样，挥一根长鞭，奋力追上离群的头马，连哄带吓唬，把他从歧途圈回来。

抱着画去马戍家的路上，她不由自主地哼着“套马的汉子，你威武雄壮——”到敲门时才觉出一点紧张，脑子里涌出许多个来不及铺展想象的万一。好在发型给了她信心，她轻轻晃晃头，自信如此姣好的女子不会遭遇厄运。

马戍精神抖擞地来开门，看到她，愣了很久，好像夜读的书生忽然发现眼前站了个来路诡异的女怪。阿苏不等他反应，夺门而入，站在客厅中间礼貌地说：房间挺干净嘛。又说：我给你画了幅画，你看喜欢吗？又说：生日快乐啊。马戍一只手撑着半开的门，站得很有型，但型得很冷静。就这样吧。他说，送客的意思相当明显。阿苏明媚一笑：你看看这幅画，这是你，这是我……他把门开大了点，声音也提高了：就这样吧。阿苏又说了点别的，马戍更大声地说：就这样吧。

她看出再不走他就要动手扔她了，只好不情愿地往门口挪，出门时轻扶了一下他胳膊：你再想想行吗，我觉得我们还没到这一步。他一秒钟都没犹豫，武断地说了声“到了”，砰地关死了门。她要不是反应快，半截胳膊就断门里了。

二

阿苏边往外走边掉眼泪，模模糊糊踩到了一粒小石子，高跟鞋大角度一歪，脚脖发出咔吧一声脆响，那只脚当即就疼得不会动了。她挪到路边，艰难坐下，屁股还没放好，一辆屎黄色小跑（也许4S店的人会说是富贵金）开了过来，在她脚边停下，吴娇娇轻轻扭过那张精心描画过的脸，冲她粲然一笑，随即开走。

她看着那坨屎黄大摇大摆地停在马成家楼下，忽然心不疼了，脚也不疼了，浑身只剩下一脑门子的震惊。谜底揭晓，出人意料：原来马成和吴娇娇重修旧好了。

吴娇娇是马成前任，同班同学，后来马成和阿苏一见钟情，二话不说把吴娇娇甩了。都在一个圈子里混，阿苏也认识吴娇娇，算比水还淡的小人之交。横刀夺爱后她没觉得有多大不妥。恋爱嘛，就是各种尝试，喜新厌旧是人性，结婚之前，谁都随时可以挥挥衣袖告别旧人，敞开胸怀拥抱新人。只是她没想到有一天她旧了，吴娇娇又成了新的。

晚上，阿苏看到吴娇娇的微博更新，就俩字：翻盘。

再往前看，各种显摆各种得瑟各种剧透。原来人家都好一个月了——她们并列马成女友的时间超过二十天。

阿苏恨不得一巴掌把电脑显示器打烂。那么多蛛丝马迹她居然一点没发现，真是二到家了。

很怒很屈辱。

—

3

阿苏想起，刚跟马戍恋爱时，她天真地怀着人道主义关怀的态度，跟吴娇娇聊过一次，当时吴娇娇很大度，阳光灿烂地表示没关系，她理解并接受且祝福。阿苏信以为真了，此后一直没把吴娇娇当情敌待，没心没肺地宽容着她和马戍偶尔的联络。

现在她知道，有哪个女人能对被抢走的爱人释怀？能不跟把自己踩得头破血流的女人较劲？将心比心，方知人心。看吴娇娇这阵势，策划这一天已经很久了。

大概每个失败者都藏着一颗“老子迟早要翻盘”的心吧？在马戍生日即将过去的那个夜晚，阿苏的全部想法也是那俩字：翻盘。她咬牙切齿地勾画着怎么进攻马戍的软肋，赢回他的心，然后明年今日在自己微博写下翻盘二字，一雪前耻。

这想法说到底不算光荣，阿苏没打算跟任何人分享，不过第二天齐眉喊她去做美体，她们躺在会所的床上，齐眉刚吐出“马戍”二字，阿苏就把整件事都端出来了——女人若能保持理性就不是女人了。齐眉是马戍和吴娇娇的同学，一向跟吴娇娇有说不清道不明的仇，阿苏确定她能跟自己同仇敌忾。

却不想她的小阴谋遭到齐眉大力反对，你翻了她的盘，她又翻了你的盘，你再去翻她的盘，冤冤相报有完没完？再说不就是个马戍吗？值得你们俩较这么大劲？阿苏没出息地说，值，我找不到更好的了。齐眉撇撇嘴，就看不上你这副自怨自艾的样，我给你介绍个更值的。

原来齐眉本来就打算给阿苏介绍新男友的。对方是个做新媒体的，大阿苏七岁，算大叔级的。阿苏很犹豫：太老了，都秃顶了吧？齐眉大笑，哪有，长得很年轻的。

4

大叔果然不显老，乍一看跟马戍也差不多。没马戍帅，但谈吐要好些——阿苏整顿见面饭都在拼命衡量大叔和马戍的优劣。千万别高估一个刚在情场败下阵来的女人的智商，她唯一的念头就是找个更好的给前任看。

但是大叔，对了，他叫宋司辉，显然没马戍好。

齐眉劝阿苏，慢慢谈着呗，反正空着也是空着，有个人充数，心里不慌。

阿苏反正对宋司辉也不反感，就跟他互加了微信。隔三差五聊几句，有一搭没一搭的，当然，主要都是宋司辉在搭。

有个周末的早上，阿苏睡到快九点，起床后无事可干，就打电话问宋司辉起床没。宋司辉说五点就起了，已经跑了五公里，打球一小时，现在正在马场准备骑马呢，问阿苏有没有兴趣一起。

正好马场也不远，阿苏套件运动衫就去了。

她睡眼惺忪站在场边，看着宋司辉勒住飞奔的马，飒爽英姿地跳下来，额头微汗，神情欢快。忽然就觉得，这个大自己七岁的男人像个浑身散发青春荷尔蒙的小伙子，而她像个走路都晃的萎靡的老太太。

那一瞬间，她忽然很想靠近他，像他那样去生活。

交往两月余，宋司辉请阿苏去他公司看。小公司，十来个员工，但井井有条。宋司辉像接待上级领导一样，向阿苏介绍了公司当前情况和未来发展规划。阿苏是财会出身，征战过多家单位，好公司坏公司是能分辨的。转了一圈，她觉得挺靠谱。

在宋司辉不大的办公室，阿苏无意间瞥见桌脚放着几个愤怒的小鸟布偶。那是什么？她好奇地问。宋司辉腼腆一笑：买了参考设计图标的，用完了，给你吧。他抱起那几个布偶递给阿苏，顺带还模仿了一下小鸟的表情，居然很像。阿苏给逗乐了，心想大叔卖起萌来杀伤力还真大。

感情渐渐升温。半年后，阿苏辞去工作，专门去宋司辉公司干活。他立即委以重任，除了财务，还让她负责市场调研、联系客户、撰写文案等等。小公司，一向都是一人兼多职，何况她这个未来的老板娘。

阿苏去看吴娇娇微博的次数越来越少，定力也越来越强，上次看到吴娇娇和马成在热带雨林的婚纱照，心里也没怎么跌宕。

不过吴娇娇总有办法惹阿苏，这次她写了一条：跟老年人做新媒体？脑子被驴踢八回了吧？

阿苏毫无悬念地怒了。宋司辉路过阿苏办公室，看她正一个人脸红脖子粗地捶键盘，便转进来询问。得知缘由，淡定一笑说，你还不删了那个人，留她干吗？来，我帮你取消关注。阿苏说，我压根没加她关注。宋司辉拍拍她的头：那就从这里取消关注，我们美好纯净的大脑，不留脏东西。

—
5

公司业务渐好，宋司辉的求婚也恰到好处地来了，阿苏忙于打理朝气蓬勃的小生活，渐渐忘了翻盘复仇的事。

再听到那对怨偶的消息，已是两年后。齐眉说，马成又有了新人，和吴娇娇离婚了。彼时阿苏对吴娇娇的怒气已经像经年的气球，瘪得差不多了。但她还是幸灾乐祸地点开了那个头像都染着晦气的微博。果然，炫幸福的内容都没了，而且已经很久没更新，最近的一条显示，一个二度被甩的怨妇正在为儿子上幼儿园的事发愁。

阿苏正开心，宋司辉打电话来，说晚上要一起参加一个酒会。她赶紧关掉电脑，把自己和一岁的女儿都盛装打扮一番，准备出门。

宋司辉开着新到手的豪车在楼下等，看到她们，直吆喝惊艳。

经过三年的历练，阿苏应对这样的酒会已经得心应手。一番热情寒暄之后，她和宋司辉刚想坐下来给女儿弄点吃的，一个微醉的客户走过来，没轻没重地拍她肩膀：美女，还认得我？阿苏回头，是一张陌生的脸。

她茫然表示歉意，宋司辉在一边介绍：这是恒顺的孙总。孙总眉开眼笑盯着阿苏：还介绍神马，我们早见过对不对，那时你老公还没发财，我就说了你有旺夫相嘛。

阿苏更懵了。对方见状，大度一笑：美人多忘事，我可记得清楚，你叫吴娇娇对不对？上次见面你俩还热恋呢。

跟吴娇娇热恋？从酒会出来，阿苏揪住宋司辉不放。你跟吴娇娇热恋过？

宋司辉知道瞒不下去，吐了实情：没错，是跟她好过，后来她甩了我又找马成去了，齐眉看咱俩都被甩了挺可怜，就给牵了条线，我俩一致认为这个污点必须隐瞒。

阿苏几乎吐血，张开血盆大口狂叫：早说啊，早说我绝对不找你，老娘是要翻盘的，合着到最后还是捡了她剩下的？宋司辉赶紧摁住她，你不觉得咱俩现在已经翻了盘吗？说着找出一条短信，署名吴娇娇的，说想见面聊聊。

阿苏当即咬起牙：你去见了？宋司辉使劲晃头：没有没有，我都没回。阿苏眼睛都鼓圆了：你回她！就说小贱人你翻盘有瘾呐！

然后俩人都莫名笑起来。

晚上临睡前，阿苏忽然觉得有点不对，问宋司辉：我又没把马成抢回来，怎么能算翻盘？他笃定地拍拍她：翻盘翻的是人生，不是一个烂人对吗？如果今天你是马戍的弃妇，而她跟着我吃香喝辣，算你翻盘吗？真正的翻盘应该是，她想跟你交换人生，你死都不换，这才算你赢了。

这叫君子翻盘。阿苏总结道。然后开心地爬上床，睡了。

来，跟我一起说：爱谁谁！

1

光棍节那天我申请加班。因为我不想过这个可耻的节日，也不想若无其事地回家，抱着七公斤的肥喵假装自己不空虚。于是同事们一哄而散后，我独自守着灯火辉煌的整层楼，逐个翻手机通讯录、微信联系人、QQ好友列表，希望能翻出个中意的适龄男青年，跟他白头偕老。

当然，无果。有果的话，还用等到今天？

那些拥有不止一个男友和一打前男友的女人，你们是怎么做到的呢？我泡上大碗面，坐在饮水机前苦思冥想。

当然，我想不出答案。想得出的话，也不用等到今天了。

我哀叹一声。饮水机也跟着“咕噜”了一声。也许它是懂我的。

我拍拍它行将干涸的大桶说，你也饿了吧，可惜你不吃方便面，否则我分一半给你。对了，你也孤单吧，要不我再找个饮水机陪你？呃，你是公桶还是母桶呢？

有些问题注定是没有答案的。我坐在最后一班回家的公车上想。然后就看见微信的大学同学群里，二黑在说话：还是光棍的请举手。

我立刻关了。什么嘛，简直像一场大考后老师说“没及格的请举手”或者“连专科线都没过的请举手”，这是赤裸裸的羞辱。

不过我倒想知道有谁会大胆地自取其辱，用自己的不幸来告慰我们这些同等不幸的灵魂。于是我盯着手机，期待同学们踊跃地跳出来说，我，我呀，还有我呢。

可惜没有。一个都没有。直到我到了家，洗了澡，上了床，群里还只有二黑那条孤零零的倡议。我有点替二黑难过，你知道，倡议没人应和是很尴尬的。犹豫再三，我站了出来，说，我，女光棍。

没人理我。我想二黑已经失望地睡了。但我不后悔，起码明天起床他看到我的回复，会缓解一下难过又尴尬的心情。

其实我跟二黑也没什么交情。我就是怕别人不开心。

—

2

第二天起床，群里还是空荡荡的两条。但余七给我发了条语音，他说，晚上一起吃饭吧，女光棍。

我顿时振作起来。三秒钟的语音，我听了快十遍。余七声音慵懒，带着无所谓的傲娇和恶趣味的戏谑。

你说怎么可能从三秒钟里捕获如此多情绪？我告诉你，如果你爱一个人到我这种程度，就能。

我对着枕头演练了十几遍回复，又对着手机里余七的对话框说了十几遍，但每次都是说了半天，然后手指上滑取消发送。折腾了半小时，我最后还是用文字对他说：好呀。

好呀。就这么简单两个字，偏要费这么大周折才传递出去。这就是爱情的副作用。暗恋中的男女，大概都是这么爱自找麻烦，因为太想到达某个地方，又不知道路在何方甚至是否有路，只能没头没脑地做着乱七八糟的尝试，然后自以为是地走向一个可能正确更可能完全相反的方向。这探路的过程是何等艰辛，想必每个被上帝甩进暗恋泥沼的人都深有体会。

3

我的血泪史，从十年前就开始了。

那年，十八岁的我刚刚光荣地考进了一所名牌大学，新生里有大把帅哥，可惜没有一个沦落到我们班，老实说余七也不算帅，只是很讨女生的喜欢。他能做到许多正常人做不到的事，比如从师兄那借来所有科目的作业答案，给全班同学搞到免费电影票，带领三个男生进女生宿舍楼……有次一位经济学家来讲座，我在礼堂外想尽办法也混不进去，余七来了，跟守门的两个同学嘻嘻哈哈一阵子，人家就让他进了。但他没忘了我，回头拉着我的手说“让我女朋友也进吧”，我俩就进去了。

智商情商都如此傲人的男生，我这辈子只遇到过这一个。

在被他拉着走进礼堂的几步路里，我认定了他。

我们很快相熟。不是我俩，是我们班的一群。这一群整天混在一起，疯疯癫癫四处耍。有次去郊区的森林公园玩，公园有秋千，双人那种，余七坐在上面，冲我们喊：谁来陪我？

我身边的湘湘立刻说，我！但站着原地没动。我笑着推她说，快去啊，去啊。

湘湘跑过去，紧挨着坐在余七身边。余七把大长胳膊伸到湘湘肩上，做亲密状——只是假装，我看得清清楚楚，他的手是高高抬着的。但旁边的男生们见此情景，恶趣味爆发，哄着说，亲一个，亲一个！

湘湘忽然就抱住余七，在他脸上亲了一下。

余七在一片欢呼声里红了脸。

我在人群里笑着，心里一片黑。

那天以后，湘湘跟余七就不一样了。我眼睁睁看着他俩彼此吸引着试探着，越凑越近，很快凑成一对。说不嫉妒是假的，但那之后的十年，我都一直跟湘湘保持着友好的情谊。我跟所有人都保持着那样的友好。

—
4

光棍节的第二天，余七带我去吃日本料理。我们好久没见了，有很多话聊，聊得欢乐又融洽。

只是我老是忍不住提湘湘。湘湘出差了呀？湘湘工作忙吗？湘湘知道你约我吗？你和湘湘快结婚了吧？

余七说你能不一直提她吗？我说你们不好吗？他说好也不能老提啊。

对不起。我有些惊慌。为了缓解气氛，我给他讲了想给办公室的公桶配个母桶的笑话，他笑了，但马上沉下脸说，不好笑。

服务生端来半只大龙虾，活的，大半截身体都没了，只剩一个大头竖在冰块里，但两根长须仍然缓慢而有力地晃着，一会指向余七，一会指向我。

我最受不了这个。那长须一指我，我就毛骨悚然，那是生命啊，它该多疼啊，它会有多少怨念啊。

一想到这些，我立刻觉得自己罪恶滔天，连乌冬面都吃不下去了。

余七看出来了。但他坚持不把那龙虾撤走，还给我讲道理，说它只是一盘食物，你不必这么在乎，这世界就是弱肉强食，如果你内心太柔软，会丧失很多美好的体验。

我说我就是做不到，我连生鱼片都吃不下去。

余七哀叹一声，说，你没救了。

这顿饭就这么不欢而散。余七开车送我回家，路过宠物商店时，我让余七停下，说，今天回去晚了，肥喵一定等得着急，我要给它买一包上好的猫粮做补偿。

余七毫无先兆地怒了，冲我吼：不许去！

我看着他，有点懵。

我就受不了你这副乡下小媳妇的样儿！余七吼道，你在乎湘湘的感受，在乎二黑的感受，在乎猫的感受，在乎龙虾的感受，甚至在乎一只水桶的感受，你干吗在乎这么多？你这么在乎别人，有人在乎你吗？

我无言以对。

沉默了一会儿，余七说：有时候我真不知道你是怎么想的，我特别想知道你是怎么想的，你自己的，真正的想法，能说说吗？

我不敢看他，我的想法好简单，但常常越简单的想法越说不出口。

余七打开车窗，开始吸烟。他的头朝着车外，硬硬地梗着，三支烟后才终于转回来，看着方向盘说，有个事儿我想问问你。记得那次去森林公园吧，我说谁陪我坐秋千，你把湘湘推了上来。她亲我，你还跟着笑。我是冲着你喊的你知道吧？

不知道。我心里一紧。

那你知道湘湘是喜欢我的吧？

知道。

那你干吗还推她跟我坐秋千？

我知道她想过去。

你有病!

嗯。

你当时到底喜不喜欢我?

……

说啊。

嗯。喜欢。

我靠!余七狠狠摁死最后一根烟蒂,发动了车。

—
5

余七你别怪我,我都还没怪你呢。在秋千事件之前,你起码涮过我三次。

第一次,我们四个人在食堂吃饭,你说搞到两张《哈利波特》的电影票,问我想不想去看。我心旷神怡地说,想呀。你怪笑着转向石大壮说,她答应了,你俩去吧。

第二次,我过生日,大家一起喝酒,你说我要是连干三杯,就对我说一句心里话。我二话不说干了,但你对我说的什么?你说女孩子别喝那么多酒!

第三次,你喝醉了往我们宿舍打电话,我接的,你上来就说姑娘我喜欢你。我眼泪都快下来了,保险起见又求证了一下,问你知道我是谁吗?你说你不是湘湘吗?

这些事我都会记一辈子，但从未想过有一天要拿出来跟你掰扯。可是今天，你倒像个怨妇似的不依不饶了。

6

我刚进门，就收到余七的微信。接连不断的，每十秒钟一条。

他说，就你啊，活该一辈子女光棍。就你啊，五十岁也嫁不出去。你就装洋相吧，你就给别人垫背吧，你就孤寡着吧。

你还能再恶毒点吗余七?

我被逼无奈，终于把当年被他涮得头破血流的经历说出来。让一个失败者强撑着陈述自己失败的理由，你晓得是件多羞耻多伤自尊的事吗余七?

幸好肥喵在埋头专心吃零食，假使它忙中偷闲忽然抬头看我一眼，我必定一头扎马桶里装死。

余七几乎是瞬间就回复了。他说，傻子，我是在测试你啊，但我每次测试都失败了啊，我企图打击你，想看你难不难过，可是每次你都在那笑，笑得那么没心没肺，那么满不在乎。按说我脑子也不笨，但我就不明白一个人怎么能对喜欢的人这么无所谓，我只能相信你是真的无所谓。

我心里很乱，又开始进入不断打字不断删的节奏，但是不等我回话，他又发来一条，这一条石破天惊，直中命门，他说——

别再绕弯子了好吗？say love吧，我现在也是男光棍了。

我浑身的血液登时开始逆流。

7

我做梦都想跟余七在一起，这事实苍天可鉴。但我该怎么面对那条微信呢？这太挑战我的应对能力了。

五年前，我收到过余七的一封邮件，不长，说他跟湘湘分手了，他们之间有太大差异，已经找不到继续下去的理由，他更不想错失的人，是我。

那封发自深夜的信，我第三天才看到。当时我刚冲好一杯咖啡准备开始一天的工作，看到信后满满一杯咖啡全洒在了键盘上。我顾不上清洗，就用鼠标和软键盘回了信：很开心，很荣幸。

然后我去找单位网管，说我键盘被咖啡淹了，给我换个新的吧。网管疑惑地看着我，说键盘坏了怎么把你高兴成这样？

新键盘换好，我一边心不在焉地处理工作，一边酝酿着好好地再写一封回信，我满脑子都是余七余七余七，这些年来每一个日里夜里想说的话，都迫不及待地往外蹦，我相信一旦开动，那封信我能八万字。

但我没写。因为没等我写，湘湘的电话就来了。

对不起，她说，我跟余七闹了两天别扭，现在已经没事了，希望没给你带来困扰。

我心里那一万只奔腾而过的羊驼啊。

但我还是笑着说，没事没事，你们好了就好。

后来余七又打回过一次电话，我们乱七八糟地聊了些芝麻蒜皮的事，确认了彼此现状都良好，他和湘湘的，我一个人的。我有太多疑惑，但都难以启齿。太尴尬了不是吗？

在那以后，我开始不知道怎么面对余七。说不怨是假的，但怨气再大也挡不住爱意，而爱再多，也只能停留在我一个人的心里。

也不是不想好好地找个别的男朋友，可惜不知是我太笨还是太倒霉，到现在也没找到。

—

8

我彻夜未眠。但到了第二天也没想出来如何回复余七。

几百个想法在我心里扑腾。穿衣服的时候，我想，看来余七是真心的呢，真能跟他在一起就此生无憾了。洗脸时又想，他和湘湘又是闹别扭吧，绝不能让上一次的悲剧重演。擦防晒霜时，我使劲地拍着脸发狠，管他呢，老子就是要拼一次。可在吃早饭时又怂了，还是看看情况再说吧。

到拎着包包出门，一肚子想法还没争出个你死我活。然后我就看见余七在车里对着我摁喇叭。

想好了吗？他揉着俩红眼睛问我，我在这儿等了你一夜。

我很惊讶，继而感动。有一瞬间我真想一把抱住这个满脸倦容的男人，说亲爱的我等今天等太久了。但我说出来的却是，饿了吧，我去给你买个饼。

余七一把拉住我：别走，说正事。

我乖乖上了车。

行吗，女光棍？他问。

你跟湘湘，到底怎么了？我也问。

你管她干吗？他再问。

不管她怎么行？万一她又打电话来说你们只是闹别扭已经和好了呢？

她给你打过这样的电话？

看来我们之间，存着太多疑问。

也许每一对彼此喜欢又走不到一起的男女，心里都存着一部十万个为什么，一旦机会恰当，大家就会不停追问，你问我我问你，而被问者也懒得回答，因为他的答案是“这还用问吗”，其实呢，那个你认为毫无疑问的答案，对方可能偏偏毫不知情。好在，只要有这么一次彼此发问的机会，就算没有回答，大家问啊问的，也就问明白了。

我才知道原来余七根本没看到那次我回他的邮件，湘湘抢他一步先看到，自作主张删了，而且迅速跟余七和好。

据说有一种爱情，是“已经不想要了，但为了不让别人拿去，便还是死死抓住不放”。这正是湘湘的风格。而我则刚好相反，很多东西明明是我的，看到别人想要，我也会放开手说，那么，给你吧。

所以遇到湘湘，实在是我的大不幸。情场如战场，在一场爱情里面，对手很重要，若遇到刚好克你的敌人，你就死定了。

余七说现在他们已经彻彻底底地结束了。

我选择相信，然后开始接受余七的教诲。

太敏感太善良顾忌太多，就会把属于自己的幸福拱手让人。他说。

太在乎别人的感受，就会丧失你自己。他说。

别过分掩饰你的心，要敢于表达真实的自己，敢于说出“我要”两个字。他说。

一个怯懦的聪明人，比一个鲁莽的笨蛋更难得到真爱。他说。

来，跟我一起说“去你妹的，爱谁谁”。他说。

去你妹的，爱谁谁。我跟着说。

余七笑：看你这副可怜相。

你找我就是因为我可怜？

呃不不，是喜欢，心疼，爱惜，还有……

够了够了，不用编那么多理由，我也是聪明人。

呵呵。哈哈。

有时候两个聪明人要在一起，要花费更大的周折呢。因为彼此都更善于掩饰，更难以揣度。

可是为什么非要对爱的人隐藏真心呢？这真是一个谜。

冤家总要路窄

1

水仙决定今年把自己嫁掉。如果能遇到合适的男人的话。

她的房间现在是个十足的风水阵，正西摆着一只火红大公鸡，东北安置了一头健硕牛布偶，正南挂着大红中国结，正北的窗台最复杂：放一杯清水，水旁还有个音乐盒，音乐盒每天都会响一次，让水震荡，散发水气，引动桃花。

反正麦玲玲钟应堂还有各种老黄历上教的催桃花招数全用上了。每天进了门，水仙都感觉自己被各种神力包围着，她几乎能看到物件们在暗暗发力，冥冥中勾引着那个不知在何方作孽的男人，把他引向她的怀抱。

水仙得意又自豪。哼哼，看你来不来。

不过最近情况不太妙。先是墙上的中国结莫名其妙掉了下来，没两天窗台上的清水杯又翻落在地，杯碎水亡。满地的玻璃碴把水仙的信心也戳成渣了，她决定去庙里拜拜。

那天正是浴佛节，去烧香的信众挺多，卖香小和尚有点忙不过来，轮到水仙，他匆匆瞟她一眼，不等她说话，就准确地递过一束求姻缘的香。

水仙悻悻接过香，有点不好意思。三十岁的单身女人，脸上那句“我要嫁人”的呐喊该刻画得多明显，才能让一个不谙感情的小和尚用0.2秒的时间就看了出来？

烧了香，也见了老方丈，还一起做了个什么仪式，出来时水仙问另一个小和尚：我这就算开过光了吧？

小和尚腼腆微笑，礼节性地点点头。也许他心里想的是，本庙只给佛像首饰之类器物开光，大活人开光，不太好开吧？

水仙可不管，反正她的自信又回来了。

—
2

开了光以后水仙觉得挺顺的，生意每天都有不少进账。一星期下来，毛收入有一万了。她拿着钱去存，到了银行，直接奔向自动存款机。水仙跟这台机器很熟了，每周她都自觉自愿地拿着自己的血汗钱来喂它一次。

水仙哼着歌，把一摞钱放进机器张开的大嘴，又按了确认让它闭嘴，然后就等着听它悦耳的数钱声。不想才刷了一声，它忽然反常地停下来了，闭着嘴，一声不吭。水仙捣鼓半天，它还是没反应。情况蹊跷，水仙喊来工作人员。对方过来问明情况，抱歉地告诉她：机器吞币了，而且临近下班，得明天才能解决。水仙又急又气：这什么破机器？吞了钱就没反应了，我一万块不明不白放这里算什么事？小伙子满脸歉意，一再解释：机器有时候不灵光，遇到旧了或者折过的纸币就可能出现这种情况，不过你放心，它有摄像头，钱不会错，明天一打开我就给你存上。水仙很不爽，又凶了对方一阵子，才留下卡号和电话走人。

第二天上午，水仙正惦记着她那一万块，银行的电话来了。声音还是昨天小伙子的声音，但态度可不是昨天的态度了：钱给您取出来打卡里了，一万块，但里面还有一张一毛钱的纸币，就是它导致机器吞币，请您以后细心注意。——用词是挺客气，您您的，但语气又冷又硬，看样子是在报昨天被她凶的仇。水仙忽然想起，她确实曾在信封里放过一毛钱，是风水大师指导她招财用的，存钱时一时大意，都塞机器里了。

原来错在自己。这回换水仙歉意了，她诚恳地赔了不是。小伙子却得理不饶人，说幸亏这是纸币，要是硬币，就把机器卡坏了，那可就不是吞币这么简单了，你得赔机器。水仙弱弱地争辩：不认识它不收，吐出来不完了吗？小伙子哼一声：机器也跟人一样，有的聪明又皮实，有的又笨又娇贵！

水仙脑子拼命转，判断后面那个比喻有没有映射自己的嫌疑，小伙子不给她思考时间，跟着说：您今天来一趟，把您那一毛钱取回去吧。水仙说一毛钱还至于跑一趟，你扔了吧。小伙子坚定地说不行，机器有摄像头，我们有规定，您必须得取走签字。

看来摄像头也不全起好作用。水仙勉为其难答应下来，但实在不愿意为那一毛钱跑腿，就没去。不想第二天小伙子又打电话来，催她取那一毛钱。当时水仙正跟客户谈生意，人家听她为了一毛钱跟什么人纠缠不清，不禁耸鼻瘪嘴，即刻把她划入市井小民行列。

—

3

为了不引起更大损失，水仙答应晚上去取回那一毛钱。那天她忙到很晚，到银行时早过了下班时间，偌大的银行门口，就小伙子一个人揣着那一毛钱等她。见她匆匆赶来，也懒得废话，一手交钱一手拿本让她签字。水仙有点过意不去，收了钱签了字，本想再追加个道歉，人家不听了，说我得去赶公车。水仙说，你住哪儿，我送你吧。

小伙子上了水仙的车，大概觉得债情互抵，两不相欠了，态度好了许多。

狭促的空间轻而易举地拉近了两人的距离，这对刚才还陌生地公事公办甚至怀有淡淡敌意的男女，在这个暮春的傍晚，在端坐同一辆车的正副驾驶并驾齐驱的二十分钟车程里，迅速进入另一种状态。

就像两只初次相见的小狗，一定要先互相凑到对方的要害部位望闻问切一番，收集必要的基本信息，以确定交往的目标和方式，水仙和小伙子也相互做了必要的了解，当然，是以更文雅含蓄的方式。

水仙知道了他叫周蜀，三十一岁，单身，银行普通职员，有房没车。

条件挺合适的。水仙用力抿住嘴角，不让心里的喜悦暴露出来。为了更好地掩饰心思，她打开了音乐。梁静茹的歌飘了出来：分手快乐，祝你快乐，你可以找到更好的……不行这歌不吉利，水仙迅速切换，切到第三首，许茹芸凄婉开唱：突然想爱你，在这昏暗的夜里，看着你专注的背影，触动了我的心……这个贴切，水仙随着歌声指引，小角度地侧头打量周蜀：脸颊干净，鼻梁笔直，眼角眉梢有笑意。感觉蛮对。她甚至跳跃很多程序，直接想到轻吻上那个漂亮鼻头的感受。这个臆想让她窃喜，接着又羞愧。没办法，大龄女青年的原罪。

为了维系联络的纽带，水仙主动提出把她做生意的周转资金存到周蜀那边，帮他完成揽储任务。周蜀由衷感谢，顺势为她推荐了很不错的保本理财方案。

如果你也到了三十岁，就会明白爱情不是十五岁那年幻想的，你正在幽静的湖边沉思，一个白衣少年轻轻走过来拉起你的手说，跟我走吧，然后你们在青烟薄雾里对视，天上的鸟儿和湖里的鱼儿都为这人间的浪漫欢歌。

现实里面，也许因为中国人的含蓄，人们往往喜欢从旁门歪道开始做一件正事，做生意要从交朋友开始，交朋友要从吃饭开始，吃饭要从讲缘分开始，而真正想要讲缘分，反而要从钱、从吵架、从修马桶开始。所以不必纠结于一段感情的开端，甭管它是怎么来的，世俗也好，苦涩也好，晦暗也好，只要它来了，你就把它带回家，洗净晾干，去伪存真，看它的内核究竟是什么，若真好，就留下。

爱情不问出处。

—
4

水仙很快兑现承诺，把她的八十万转到了周蜀的银行。周蜀回赠她一套精致刀具——那本是存入三百万的客户才有的，周蜀破例对水仙大幅降低了标准。水仙提着那一盒菜刀砍刀水果刀，满心欢喜。不管怎么说，这表明他对她是有点不一样的不是吗。

都是单身男女，每一分示好都有明确指向。水仙和周蜀的交往就这么从一毛钱，深入到了一大盒尖刀，后来又不能免俗地转向请客吃饭看电影。

三个月后，在一个夏日的傍晚，还是水仙的车里，她成功吻到了周蜀的鼻头。微湿，沁凉，有纤巧的质感，带着幽幽的雄性体香，感觉很美妙。周蜀柔情的目光驱散了水仙空闺的寂寞，她依偎在他厚实的怀抱里，融化了。

那天回到家，水仙把她房间里的神秘物件都一一拜过，心想开过光就是不一样。

她还是每周去一次银行。当然她不再去找那个又笨又娇气的机器，而是直接把钱交给周蜀储存。而他们也依靠这个固定项目进行着固定的交往。每次存钱之后，就一起去吃个饭，看个电影，吻个别或者上个床。

很程式化。这程式形成得有点早，让他们一来就有点像老夫老妻了，缺少了不确定因素，就缺少了激情。虽然每次相见都很欢乐，但欢乐得不够激进，水仙不希望是这样。

她试图打破这个程式，常常出其不意地给周蜀打个电话，或直接去一趟银行，周蜀总会好脾气地应对，但敷衍的意味明显，好像处理本职工作之外的业务。

自从上过床，他们就没再有进展了。你说上了床还能怎么进展？当然有，谈婚论嫁啊。见家长，定婚期，备嫁妆……这些才是水仙内心真正的期待。对像她这样的大龄女来说，感情里最惊天地泣鬼神的部分，不是相见，不是定情，不是亲吻，也不是上床，而是对方说出“咱结婚吧”这句话。

但周蜀从未提及。他不给水仙在他怀里流下幸福泪水的机会。

—
5

水仙继续在房间里发力。在中国结下面加放了九只红花，又把窗台的水杯换成了鱼缸。

然后她把周蜀请到家里，留他过夜。他们在那个桃花阵里进行了一场风生水起的欢爱，然后整夜相拥而眠，大有难舍难分之势。

第二天一早，水仙被窗外震天的鞭炮声吵醒，探头一看，原来是迎亲的车队，长长的头车打扮得花枝招展，骄傲地从楼下驶过，通报这世界某两个人从此正式抱成一团。

哇，好长，好漂亮。水仙叫道。周蜀闻声凑过来看。时机正好。水仙意有所指地感叹：幸福时刻呀。周蜀用没睡醒的声音给出了清醒的回复：麻烦从此开始。

这表态让水仙敏感的心拧成了大麻花。她边穿文胸边小心追索：上个月我表妹结婚，收了好几套红内衣，她把最好那套给我了，说让我结婚穿，待会儿我穿上给你看看啊，很美的。

周蜀轻笑：不用，现在这样，我觉得挺好。

麻花顿时拧成了麻绳。水仙默默穿好衣服，下床，去洗手间洗漱，一边洗，眼泪一边往脸盆里掉。

周蜀接了个电话，匆匆忙忙进来说，有个亲戚来了，我得去车站接她。水仙仰起湿漉漉的脸，没骨气地说，我送你去吧。

车开出来快十分钟，水仙才鼓起勇气问周蜀：什么亲戚？

周蜀面色凝重，憋了半天才从牙缝里龇出俩字：表妹。

就算不够冰雪聪明，也不是久经情场，水仙也知道男人的表妹十个里面有九个半是假的，何况是这么咬牙切齿龇出来的。她好奇心顿起，很想一探究竟——也不全是好奇心的问题，这件事与她的切身利益息息相关，理应秉持求真务实的精神。

本应在车站放下周蜀自行离开的，水仙坚持继续送他们去饭店。

表妹一上车，视线就没从水仙身上移开过。后视镜里，水仙频频遇到她追求真相的目光。

所有话语和表情上的客气、友好统统都不算数，仅凭在后视镜里不断相互追杀的目光，两个女人便把各自心思交了底。

到了预定好的餐馆，周蜀客气了一句，说一起吃吧。水仙就留下了。她决定做一次不知趣的恶人。人有时候就是应该没脸没皮一点，在不该厚道时厚道就是对自己的人生不负责任。

本来预定好的二人餐被迫加餐。周蜀去点餐时，表妹的疑问如雨点般砸过来。为避免受辱，水仙只向她讲述了一毛钱的故事，言下之意，她和周蜀只有一毛钱的关系。然后她反问了表妹和周蜀的关系，问时，心里居然有些紧张。她知道结果凶多吉少，而那个坏答案足矣让她彻底崩溃。

还好，表妹只是笑了笑。那个笑里面含着百分之三四十的嘲讽，水仙分不清那是自嘲，还是嘲她。

四面坐人的小餐桌，周蜀坐中间，水仙和表妹分布两边，好像他的左膀右臂，又像大妻小妾。

表妹很不见外，不断要求周蜀给她倒红酒、递纸巾、找餐勺，还把自己啃不完的骨头放到他碗里，好像他是她的一条狗，或者她爸——其实最恰当的比喻是她男人，但水仙不愿意打那个比方。

尽管周蜀刻意和表妹保持着距离，水仙还是看出来了，他们之间，有悠远、深厚、不寻常的历史关系。不像跟她，说到底大概也就是一毛钱的事。

也许周蜀只是因为跟“表妹”两地分隔，才拿她来丰富业余文化生活的。

表妹絮絮叨叨地讲着老家的桃花开了，开得又旺又密，但她姥姥说了，今年是哑巴年，花多桃少，结不了几个桃。

怎么会花多桃少，一朵花不就结一个桃吗？水仙无知地问。

当然不！并不是每朵花都结果，大部分花都是虚花，不坐果。表妹解释得大惊小怪，夸大了水仙的无知。

水仙掌握了一个令她忧伤的常识。她不由得想起家里的桃花阵。花了那么多心思，桃花是催来了，开得也挺旺，却原来是朵不坐果的虚花。

看来没运气就是没运气，强拉硬拽来的男人留不住。

—

6

饭后，表妹说要去周蜀家。水仙打算好人做到底，送她和周蜀回家寻欢作乐。周蜀却要求水仙直接往火车站开。你回去吧。他不带思想感情地对表妹说。

水仙眨眨眼，仿佛被困在黑暗山洞里逃生无望的人忽然看到了一线微光。然后她又听见周蜀说：还没告诉你，我正在追水仙姐姐，打算把她发展成你嫂子。

世界在那一瞬间艳阳高照。水仙难以置信地看向周蜀。他用一个简单的眼神安定了她。

表妹没说话，一直到最后也没说话。他们送她上了火车，她连再见都没说。

火车开走五分钟后，周蜀收到表妹的短信：我真的已经和那个人断了。周蜀回她：晚了。

水仙偷偷瞄着他的短信，心想，他们之间可能还真有个蜿蜒曲折的故事呢。但是管它呢，爱情不问过往，当务之急是敲定他对她的意图。

我这个挡箭牌还好用吧？她又开始上下求索。

他笑了：你只想做个挡箭牌而已？

那你说我应该做什么？

坐我的婚车呗，你想要多长的？

自行车那么长就够了。

哈哈。

哈哈哈哈。

后来周蜀说，那天吃饭时，水仙眼巴巴地看着他啃表妹剩下的骨头，一脸可怜相，好像一条单纯善良又无助的小狗，眼睁睁看着别人抢了自己的肉骨头啃。那一刻他心里很不忍。然后他认识到，和一个有这样眼神的女人结婚，应该不会是件太麻烦的事，至少不会像跟

“表妹”谈婚论嫁那么麻烦——当年，他们就是在谈到结婚时，他发现自己满足不了她铺天盖地的欲望，他们吵了几架后，她就跟别人跑了。后来她后悔了，但是他没有。他只是开始恐惧婚姻。

关于有情人终成眷属这件事，其实有很多种解释，往往连双方当事人都各执一词。

比如在水仙和周蜀的婚礼上，水仙当着众亲友虔诚地谢了各路神仙，她说是冥冥中的一种力量让他们相遇相好，相互承诺相伴到老。而周蜀说，这其实是天时地利人和的全部巧合，而碰巧有一毛钱和一块排骨做了引燃这一切的导火线。

国王路小茂

一
1

路小茂显灵显得十分突然。

当时茉莉正跟庞伟谈分手。刚刚考上公务员成了后备法官的庞伟严肃地坐在茉莉的沙发上，一身凛然正气。他先打开了电视，以便在陈述那些打了腹稿的分手理由时，眼睛有个去处，声音有个躲处，因为他最清楚那些话都是假的——很多人以为恋人在热恋时最常说假话，其实不对，那时候有真心诚意撑着，所有热火朝天的山盟海誓都有章可循有法可依，站得住脚，反而是在分手时刻，爱之将死，人回归虚伪和自私，话才假了起来。

庞伟把电视音量调好，让新闻主持人刻板的播报既能充当背景声，又不至于喧宾夺主，然后开始一条条地罗列分手理由：首先咱俩性格不合，我喜欢安静而你太爱热闹，每次都为了周末的安排发生纠纷；其次你太懒，天天连被子都不叠，我看着心里特别闹得慌；第三，我妈说咱俩属相和生辰八字都不合，就算在一起也迟早离婚，与其将来离，不如现在分……

你大爷的生辰八字！茉莉愤愤地想，不就是你考上公务员觉得咱俩不一个层次了吗，不就是你们楼下的小书记员比我好看又比我新鲜吗？直说就完了，干吗扯这么多不着调的！我不叠被子你叠啊，你闹心成那样都不叠还好意思说我懒？

正想发作，茉莉忽然在电视上看到了一张熟悉的脸。路小茂！她惊异地叫起来。

哎嘛，还真是！庞伟也被惊到了。

电视里，路小茂人模狗样地拿着话筒，在跟主持人连线报新闻，鸡爪子一样的左手不时在四周指指点点。他和以前大不一样了，肤色更黑，身板更细，出口成章。

茉莉和庞伟停止谈话，直勾勾地看着他，直到他讲完最后一句“本台特约记者路小茂现场报道”，俩人才回过神来。

他不是在西藏吗，怎么成记者了？茉莉问。

我哪知道，六七年没见了。庞伟说。还能拽几句藏语，真有他的！

茉莉低笑。庞伟也跟着笑。

如果此刻庞伟是范伟，一定会跳出来纠正：严肃点，分手呢。

是啊，不正谈着分手吗，恋爱八年了要分手，这是多忧伤多悲痛多惨烈的时刻，笑什么笑！可惜等他们意识到这个问题，气氛已经被破坏了。庞伟好不容易做出来的那点凛然，早已垮塌在地，连严肃认真都跟着泄了一地。

他努力拾起些威严来，收起嘴角的笑意说：就这样吧，以后我就不过来了。

茉莉这才感到哀伤。可是晚了，等她想表达内心的悲痛和不舍，庞伟已经走了。再等到她想发泄越来越汹涌的愤怒，更晚了，他大概已经跟小书记员汇报完成功甩掉拖油瓶的喜讯了。

这手分的，整个一黑色幽默。

—
2

过了一个月，茉莉还处在生活转型的巨大不适期，她心情越来越重，身体越来越轻，走在路上，聪明点的人都能看出来她的魂要把腿压断了。

一个下午，路小茂忽然打来电话，开篇便直言不讳：你俩真分啦？

茉莉看看手机，恨不得把他从那头拽出来掰成两半。路小茂却浑然不觉，反而更加兴高采烈：我早说了你俩不合适，首先属相就不合，你鸡他猴，鸡猴不到头，你看咱俩就不一样，我公鸡你母鸡，绝配！

配你个鬼！茉莉嘶吼，我说路小茂你早不显灵晚不显灵，偏偏他跟我提分手时候出来凑热闹，那么紧要的时刻你瞎连什么线！电视台那么多记者缺你啦？

路小茂一阵狂笑。看来庞伟已经把那段黑色幽默传到西藏了。

笑过瘾后，路小茂说，我没别的意思，就告诉你一声，我也单着呢。

去去去，茉莉像赶苍蝇一样赶他，你淡着你自己加盐，别往我伤口撒盐。

路小茂、庞伟和茉莉是大学同班同学。八年前茉莉还是法学院校花时，他是庞伟一个不太有力的竞争者。虽然他比庞伟提前一年向茉莉发起攻势，但无奈条件有限，庞伟一出手，就把他打出了情敌的队伍。

那时候谁比得上庞伟啊，人又帅，嘴又巧，家又阔，号称钻石小庞伟呢。茉莉和他，那是强强联手，所向披靡，整个学院上下五届都没有比他们更拉风的情侣。

可毕业以后就不行了。找工作不是找对象，人靓不算太大优势，茉莉兜兜转转，始终在三流律师事务所瞎混，庞伟起初也是瞎混，后来靠他老子反复运作，才进了法院。茉莉当时还挺高兴，以为俩人里面有一个稳当了，未来也就光明了，却不想那人脚站稳了，心却挪了，直接痛下杀手把她斩草除根了。

而路小茂，唉，怎么说他呢，在学校就一副不中用的样，天天在学生会干没人干的杂活，跟老师混得挺熟，却什么好处都没拿过——也许唯一的好处就是说动了班主任给他和茉莉牵线。当时班主任极力抬举路小茂，说他如何聪明乐观，如何勤奋懂事，如何值得托付——茉莉就是从那时起明白的，在说媒这件事上，当一个人实在没啥优点，人们才会拿他的品质说事，如果介绍人上来就说他是个好人，那他多半又丑又穷又没正经工作，人家实在找不到客观上的优势，才不得已找些看不见摸不着的主观因素撑门面。

好在茉莉当时清醒，班主任说得天花乱坠，也没改变路小茂在她心中的屌丝形象。她理智地跟他保持着良好的哥们儿情谊，他是她占座打饭、喝酒唱K的伙伴，但没有一秒钟，他的地位赶超过庞伟。

后来一毕业，路小茂就去了西藏，几乎跟所有人都断了联系。刚开始茉莉轰趴找不到他，还挺失落。有几次她甚至跟庞伟探讨，说路小茂别是已经牺牲了吧，在山上迷了路或者遇到雪崩，或者勾搭民女被藏民乱棍打死……

怪可怜的，茉莉说。怪可惜的，庞伟说。好像真有那么回事似的。

所以路小茂忽然从电视里冒出来，他们才那么激动。

—

3

又过了一个月，茉莉的悲痛稍有缓解，但离痊愈尚远。路小茂又打电话来，这次他们正儿八经地聊了一会儿。

路小茂说他在西藏做法援志愿者，义务帮藏民们办案子，他是那个县唯一的律师，这几年办了不少案子，越来越多藏民找他，每天都忙得四脚朝天，很苦，也很爽。至于做电视台特约记者，不过是他偶尔为之的小兼职。

茉莉不太能想象他远在天边的生活。靠谱吗？她小心翼翼地问。

靠谱。他说。

不需要攒钱买房子吗？不需要积累人脉谋求更大的发展吗？不需要安抚爹娘亲戚让他们相信你前途无量吗？

路小茂沉默了。过一会儿，低落地说，我挺喜欢这儿。

茉莉想，原来路小茂骨子里还是原来的路小茂，他喜欢上什么，谁都劝不了。就像当年喜欢她那样，她再打击他贬损他取笑他，他都坚持着，死不悔改。

后来路小茂常给茉莉发短信，说他刚刚为一个在工地摔断了腿的藏民讨来了医药费，为上不起学的孩子争取到了红会救助。有时候直接转发藏民发给他的感谢短信，磕磕绊绊的汉语，透着一股子真诚的酥油茶味。还有时候，他会发些照片，说他在去谁谁家的路上，风景很好。

风景真的很好。茉莉被第一次看就迷上了。她从未见过那样蓝得不像话的天，那样几乎要掉到牛身上的大朵白云，那样清凛纯净倒映着天空的湖水。

路小茂还给她发藏民的照片，草原上放羊的姑娘，喇嘛寺里辩经的和尚，在朝圣路上五体投地的老妈妈……

茉莉渐渐有些神往。路小茂看出了她的神往，撺掇她：来看看吧，不冲我，冲西藏。茉莉没勇气——关键是没理由，勇气都是理由给的。人是有脑子的动物，不管做什么事，总要先有个理由，理直了，气才壮。

浑浑噩噩又过了一个月。在一个阴郁的星期五，茉莉迎来了她职业生涯中最欲哭无泪的一天：早上一上班就发现同事抢了自己的业务，跟着又被告知事务所即将裁员，中午电脑中毒，一大堆宝贵资料化为乱码，晚上临下班，又被老板拎到办公室一顿臭骂。

然后她在下班的路上，看到了路小茂千里迢迢发来的西藏即时夕阳：一片火红的世界，几只晚归的牛羊走在辉煌的斜阳下，场面雄浑壮美。她想象着沐浴在那纯净光辉里的路小茂，又抬眼看向自己身处的这个污浊世界，瞬间产生了逃离的欲望。

她回短信给他：凭什么那么好的风景只有你享受，我也要去看。

路小茂诡计得逞，立刻隔空施压：你说的啊，变卦是小狗。

—

4

路小茂住在当地政府给他弄的一栋简陋二层小楼里，一楼办公，二楼居住。

茉莉是挂着氧气袋爬上那个二楼的。在那之前她已经吐了快十回，最好的红景天、高原安都不能抵抗她的高反。所以当她听说路小茂住二楼时，内心充满怨恨，对一个自认为快要挂掉的人来说，每增加一个台阶的海拔就仿佛增加十倍的痛苦。

当晚，茉莉喝上了酥油茶，吃上了糌粑和奶渣包子。都是路小茂亲手做好端给她的。他坐在她床前，眉目慈祥地喂她吃东西，样子很像她年过九旬的奶奶。茉莉在筋疲力尽的晕眩中，安然享受着长辈对晚辈理所当然的照顾，她甚至连话都懒得说，只用眼神和头部的轻微转动，表明自己要吃、不吃或者就吃这么多。要是她的头稍微向后移了一点表明不想吃，而路小茂还是坚持递过来的话，她就拿眼睛瞪他，理直气壮地做出厌恶的样子——就是那种“谁让你是我奶奶呢”的恃宠而骄。

路小茂保持着一个奶奶应有的耐心和宽容，她吃一口，他的笑意就增一分。

也许所有心中有爱却不被爱着的人都一样，天大的事，也愿意不声不响为对方做，对方施舍一点好，就是天大的好，自己犯下一点错，就是天大的错。

路小茂就这样以老奶奶的姿态，伺候着他的姑奶奶恢复了健康。茉莉精神一好，就跑下楼，看路小茂办公。

那天是路小茂每周一次的接待日，他的繁忙超出了她的想象。有许多藏民赶来，老人，孩子，说汉语的，说藏语的，干净整洁的，满面风霜的，甚至连县长都亲自跑来，跟他探讨什么疑难杂案。

中午时还呼啦啦一下涌进了十几个人，将路小茂团团围住，用淳朴而虔诚的眼睛看着他，请他剥开他们心中的迷雾，破解他们无力解决的难题。

路小茂引经据典，说得头头是道。茉莉发现他现在懂得真是多啊，当初他们一起吊儿郎当学来的法律，她已经在这几年的瞎混里忘得不剩什么，而他却全吃透了，变成知识，变成财富，变成解决问题的妙策送给需要它们的人。

那一刻，路小茂在众人簇拥下，仿佛深受子民爱戴的国王，手无寸铁，却能救民于水火。

—
5

等茉莉身体再好些，路小茂就骑着破摩托车带她上路了。是去援助村工作，不是旅行，但一路的风景，比茉莉从前所有旅行中见过的都好。

天蓝得不可一世，无比辽远又仿佛触手可及，缓缓的山坡远看十分平滑整齐，而细看脚下，却生长着各式各样的野花野草。茉莉每走一段就忍不住让路小茂停下来，然后她就在这幅巨大的山水画里奔跑，像一头藏野驴那样鲁莽、畅快、不管不顾地撒野，她要让那广豁的，纯粹的，澄澈的风景涤荡掉她心里的阴霾。

路小茂倚在破摩托车上看着她，目光像天上的太阳一样耀眼执着，又饱含深情。

他们转了一家又一家，在每一家，都受到国王和王后般的礼遇，茉莉生来第一次被如此尊敬，骄傲得不得了。下午，路小茂还在一个中学里给当地藏民做了普法讲座，他生动地给他们讲述他做过的案例，为他们答疑解惑。

就在路小茂耐心回答一个口齿和耳朵都不灵光的老牧民的问题时，茉莉忽然在他身上看到了当年班主任的赞美：他的聪明乐观，他的勤奋懂事，他的——值得托付。

完成当天工作，他们回县城时已经很晚。茉莉在摩托后座上轻轻抱着路小茂，欣赏着眼前奇异的风景。天将黑未黑，整个世界都沉浸在美妙的幽蓝里，远山好像一块硕大的蓝宝石，泛着淡淡青光，连脚下的道路都有了河流一样流淌的质感，妙不可言。而在这天地间轻轻抱着路小茂的感觉，更加妙不可言。

快到县城时，茉莉说咱停下来坐会儿吧。路小茂于是在一块大石头旁停住，脱下外套垫在石头上，和茉莉并肩坐好。

就那么坐着。谁都没说话。

过了好一会儿，路小茂开口，还是那句：我挺喜欢这儿。

茉莉说：就像喜欢我一样？

是。

我也挺喜欢。

喜欢这儿，还是喜欢我？

喜欢——这儿的你。

路小茂笑了。他的食指轻轻撬动了一下，但并没有进一步行动。茉莉的手掌也微微动了动，似乎想去迎接什么，只是他没来，她便没去。

6

刚回城的几天，茉莉被醉氧折磨。这城市有大量乌烟瘴气的氧气，就像它有许多尔虞我诈的机会，许多虚伪自私的精英，许多装模作样的爱情。

她开始了一段新工作——新的只是环境和同事，真正的工作其实一点没变。她还是在一片混沌里，过着混沌的人生。

她越来越多地想起路小茂。她发现自己心里有许多个他，常常不知道该想起哪一个，是屌丝路小茂，还是国王路小茂，还是老奶奶路小茂？

她没办法将这些路小茂三合一，所以也没办法确定她对他的感觉，于是更没办法回复他发给她的短信。他说，那晚要是我吻你，你会不会留下来？

会不会呢？会不会呢？茉莉拼命地想。那一刻她是渴望他的吻的，她也愿意留在那里几天，几周，或者半年——再多，怕是就不行了。她还要看电影，吃大餐，逛繁华的小街，去星巴克喝咖啡。这些，已是她生命里必不可少的有毒的养分。

就像一朵污浊城市里的花，她厌恶身边的灰尘和喧嚣，渴望远方圣洁的净土，但要真把她带到那里，她却活不成。

后来茉莉在一个失眠的深夜，打电话给路小茂，向他做了全面又细致的坦白。

所以，我不会去，她在最后说，虽然我很想你。

路小茂深深叹了口气，重重地说，我知道了。下了很大决心似的。

茉莉想着此刻路小茂窗外的满天繁星，和他那栋堆满了藏民送来的土特产的二层小楼，那是他的王国，他是那儿的国王。

—
7

庞伟要和小书记员结婚了。这是个跟茉莉无关的消息。多么奇怪，听到这个消息，她的第一反应，居然是很想路小茂。

她发短信给路小茂，说庞伟要结婚了。他很快回复：需不需要安慰？她说不需要。过了一会儿，终于忍不住又说：我很想你。

那边就没回音了。茉莉看着死寂的手机，心情比听到那个婚讯沉重许多倍。

有人敲门。她拉着阴郁的脸，慢腾腾打开。路小茂赫然站在门口。

没多说一句话，他张开双臂紧紧抱住了她。

她也抱住他。哭了，她居然哭了。

哭了半天，她才问，怎么回来了？

回来找你。

那边工作怎么办？

已经结束了，说好了是六年，我还多做了两年呢。

不再去了？

不去了，这边工作都找好了。

怎么不早告诉我？

想都安顿好了再说，免得吓到你——还愿意要我吗？

要！

我现在是穷光蛋，和街上的流浪汉没两样。

可你有做国王的潜质。

也许一辈子连后备法官都混不上。

哈哈你这人，后备法官哪有你靠得住！

路小茂仰天长笑：谁说女人都势利，我看也有个把傻妞是例外的。

茉莉打了他一巴掌，又递给了他一个甜枣，在他津津有味地吃下去的时候，她认真想了想，女人都势利吗？肯定不是。她们之所以更喜欢有权或者有钱的男人，未必是贪图他们的权和钱，真正令女人仰慕、给女人安全感的，其实是男人的本事，也许只是因为那两样东西更能直观地反映男人的本事，女人们才飞蛾赴火，拼命追逐。

路小茂有那样的本事，茉莉越来越确信，所以她信心百倍地，爱上了他。

命中注定再遇见你

女人第一次对这世界感到无能为力，应该是爱上一个不睬她的男人的时候，第二次无能为力，应该是在发现脸上的第一条鱼尾纹（或者法令纹、木偶纹）的时候，第三次，大概是在明白要高贵地嫁出去概率多低的时候。

牡丹很不幸，在二十七岁那年的雨季，这三件事乱箭齐发同时射向了她。这对于一个一贯昂首挺胸的女人来说，堪称毁灭性打击。

—
1

打击始于那个与印成重逢的酒会。

酒会这种靠一杯红酒和一件低胸礼服网络各方老板的机会，牡丹从不错过。那天她照例盛装出席，一双酒红色亮片高跟鞋仪态万千地踩过西餐厅的角角落落，与每个守株待兔的男人打招呼，说Hi，X总，我是旗帜广告的牡丹，久仰您大名，请多关照哈。这些男人多半对她有所耳闻，城市再大，圈子不大，业内的几个优秀女人，男人们心里都有数。所以她一经自报家门，对方总会夸赞一番。于是两个都觉得相见恨晚相逢有幸的男女，便会很快达成某种友好情谊，为下一步交往奠下美好基础。也许他们心中所想的下一步有很大不同，但，无妨。

很多女人不喜欢这种利欲熏心的社交酒会，但牡丹喜欢。既能促进工作成果，又能听到许多赞美，何乐而不为？她不觉得这事有辱名节——没这种机会的话，一个个电话打给那些口气比脑袋还硬的大老板，陪着小心低声下气自我推介，或者一个个约他们吃饭喝酒，花大把银子，你不把自己喝成王八就绝对收买不了他们的心，那才痛苦。反正都是为工作，能简单节约有效，当然更好。

转得差不多了，牡丹去加了一杯酒，站在酒水台前带着微醺的笑意环顾大厅，确定基本完成扫荡，心里如小学生即将完成家庭作业般畅快。

视线忽然被一只晃动的大手阻断了。牡丹吓一跳，转头，看到一张赏心悦目的脸，竟是印成。他的笑容一如往日般和煦：想什么呢，喊你名字都听不到。

牡丹晃了晃头：印成？四五年没见了吧？

是啊，他说，一晃你都功成名就了。

她笑，去你的，什么功什么名？不过还在广告公司瞎混，倒是你，做得越来越好，一眨眼甩我几条街。

上次见面，我记得是在凤凰大厦……印成眯缝起眼，想追忆往昔。牡丹赶紧笑着打断，哎呀，别说了别说了。印成心领神会，跟着笑。

人总有些往事是不想回忆的。比如那次在凤凰大厦醉酒，牡丹就好希望忘了它。

那时候她才入行不久，求胜心切，又不懂得节制和自我保护，那天公司在凤凰大厦宴请客户，她一来就卯上了公司指派给她的大客户，让对方误以为随时可以带她去开房，酒过三巡，她吐了三回，第三次吐完出来，当时还是她同事的印成已经在卫生间门口等她，见她歪歪斜斜又要往餐厅走，拉住她问：还去喝？想喝死啊。她说不喝也得回去啊，人家等着呢。印成说等着领你回酒店呢，你想去？她摇头，不想。

印成于是把她弄上他的车，又回酒桌交代说她被男朋友接走了，一切搞定后，开车把死猪一样的她送回了家。

其实到家时，牡丹已经酒醒了一半，但出于女人无耻的好奇心，她想恶作剧考验考验印成，于是进了门还故意不醒，任印成把她拖进客厅，放倒在沙发上。他会不会趁机占点便宜呢？她非常好奇。可惜这是一次失败的考验，他放倒她之后，看都没看一眼，转身就走了。

又过了没几天，印成就辞职了。铁打的公司流水的业务员，出出进进是常事。而牡丹跟他不很熟，连辞行都没份，那晚之后，竟然就再未相见。只是偶然听人提起过，说他转行房地产，做得很好，盘子越来越大。

后来牡丹想过好几次，是印成太君子呢，还是她魅力不够？时过境迁，她越来越想不出答案。倒是另一件事越来越清楚：要是那天印成不带她走，她一定是要落入狼口了，到时候要么献身，要么得罪大佬，两个后果她都扛不住。

这个明白和不明白像两粒催情的种子，一粒是好奇，一粒是好感，它们默默在牡丹心里潜伏了好几年，等印成一再现，便立刻齐心合力，发出了爱慕的芽儿。

—
2

他们站在酒水台前聊天。聊过去，聊现状，聊旧公司，聊新战友，聊得热火朝天。那颗爱慕的小芽大概被压抑得太久，好不容易迎来春风雨露，迅速生长膨大，几分钟就将牡丹的胸腔鼓胀得满满的。

这种爱慕并不常见。牡丹好生欢喜。

真没想到会在这里遇见你。她庆幸地说。然后忽然想起来：对了，名单上没你呀？

——来之前，牡丹已经像考古学家研究兵马俑一样认真地研究过酒会名单，这是惯例。因为必须要把参加者的名字了然于胸，熟识的仔细记在心里，陌生的依照头衔从网上搜集到照片和资料，更仔细地记住，这样到了酒会上，才不至于像刚入行的小姑娘那样蒙头转向，浑身有劲使不上。别以为拉广告只要长一张俏脸一对大胸就够了，门道多着呢。大佬们什么没见过，你站在人家跟前，起码要能谈谈他们公司的新项目新举措，谈谈他关注的人物和信息，才能让人家心理上产生亲近感。

所以名单上没有印成，她非常肯定。

印成解释说，他是临时决定来参加的，因为有个朋友想来看看，他带她来加个塞。

——朋友？谁呀？牡丹好奇心又起。

印成四下张望一番，指向冷餐区：在那。

哪有人？

那个整理餐盘的小姑娘，别满眼都是大人物，服务员不是人？

啊？服务员？你朋友？

哈哈她不是服务员，研究生在读，想来看看酒会什么样，我就让她以这种方式体验体验。

干吗不直接以女宾身份带着？

嗯……关系还不明确，不合适。印成露出一个情窦初开的小男孩的笑，笑得牡丹的心忽悠一跌。她的情窦也刚开，朝他开的，没想到他却已经开跑了。

正傻眼，小姑娘看到了他们。印成一招手，她立刻跑了过来。

我老同事牡丹，我小朋友童青。他介绍。牡丹看着童青那张单纯干净的漂亮小脸，下意识进入备战状态。

小姑娘可没拿她当对手，天真无邪地夸赞：牡丹姐你好美，刚才我就注意到你了，原来你和印老师是同事。

你也很美。牡丹勉为其难回赠了一句，倒是真心话。

没聊几句，有老总过来找牡丹告辞，说有事先走。她赶紧跟着把他送到门口,说了再见，对方眼神还挂在她脸上，一副恋恋不舍的丑态。只可惜今天的牡丹不是五年前了，她可以挤出事业线给他们看，却绝不会让他们多占她一分便宜。

再回到餐厅，远远就看见印成正跟童青说话，凑得有点近，笑得很开心。

牡丹像看话剧一样看着他们，心里泛起一点失落，一点沮丧，一点不满。如果这真是一出话剧，导演可真不称职，这样两个男女主角怎么般配。她特想代替导演走过去大喊一声“咔”，然后对小姑娘说，你下去，我来演。

—

3

就是那天，牡丹回家后泡了个五味杂陈的澡，出来照镜子时，发现了眼角真实存在的一条细纹。细细短短的一条，以十五度角微微向上挑着，柔软又倔强。

哀伤慢悠悠地从心底爬出来，牡丹长长叹了口气，不可避免地想起了童青那张纤尘不染的脸和脸上纤尘不染的笑。是的，别说那张脸她没有，就是那种简明单纯的笑，她也早丧失了。你看，镜子里这些被训练过的五官，再怎么牵扯，都显得拐弯抹角，意味深长，带着一股莫名其妙的邪气。

这种笑容，顶多在酒桌上乱乱老男人的心，想打动纯良好男人印成，怕是难了。

她不得不承认了酒会上那出独幕剧的男女主角其实是相配的，虽然他们外表看起来像《雷雨》里的周萍和四凤，但事实上，人家才是真正的金童玉女，一个有着金子般的心，一个有着美玉无瑕的脸。

第二天她起得很晚。醒来后，发现妈妈和姑姑都来了，正坐在客厅里明目张胆地卖她。

是个独子，姑姑说，家里七八套房产，怎么也值个两千万，真跟他成了，牡丹坐在家里收房租就够花了。我把牡丹照片给他们看了，那边同意见见。

我值两千万吗姑姑？牡丹蓬头垢面在沙发上坐下。

你别不知足小妮子。妈妈太了解女儿，知道她话里的意味，直截了当回击：两千万是抬举你了，眼看着奔三了，再不抓紧一千万的好男人也没了。

一千万就算好男人？

那什么算好男人？

这个问题也许前天还无解，但昨天牡丹找到答案了。她眼前迅速浮现出印成的样子，他的眉眼，他的笑，他身上独特的让她感到安全的气息。

别心比天高，更好的未必看得上你，你这年纪一天比一天大……老妈招招致命。

行行行，见见见。牡丹捂住眼角那根戳心的细纹，妥协。

就在那一刻，她忽然发现自己对这个世界很无能为力。之前那种一切尽在掌控的意气噗的一声就散尽了。

相亲不是第一次了，但这次不一样，她心里住进了一个人，非要再挤进一个来，好像往满了的杯子里加水，势必搞得一片狼藉。印成好在哪里？牡丹说不出。这些年里，她遇到过许多男人，高的富的帅的，精明强干的，前途无量的，应有尽有。她也不是没动过心，只是每次心动之后，总会有一些小插曲小风雨摧毁她爱情的小苗。而印成不同，他在她心里埋了太久，一经出土，就是根强壮苗，势如破竹。

时间不只会冲淡，更会孕育一切。那些经由足够时间孕育出的种子，势必比速生的、催肥的更强大。

开车去见两千万的路上，牡丹满心悲壮。到了约定的酒店，她停好车，照了照镜子，打起精神正要下车，手机忽然响了。居然是印成。

在哪儿啊？他问。

桃源酒店，准备相亲。她迫不及待地要把这个消息告诉他。

不是吧，你还相亲？他语气相当惊讶，但随即转折，想请你救个急呢，看来不行了。

什么急?

今晚要带童青参加个宴会，这孩子一件像样的衣服都没有，想找你借一件，不方便了吧?

方便。牡丹想都没想就说。不好说她就是在等他什么，或者只是需要一个不见两千万的借口，反正他一开口，她就知道必须照办，尽管这件事是她并不喜欢的。

打道回府的路上，她心里越来越乱。牺牲了自己的大好机会，去促成意中人和意中人的意中人的美好夜晚，这事怎么想怎么不靠谱。

印成已经在她家楼下等。俩人一起上楼，牡丹各种倒腾找出一大堆衣服，摆在印成眼前：选选吧。

印成当即眼花：这么多，我还是先问问她吧。

电话打给童青，却被她挂断，很快回过短信来：被导师抓壮丁，今晚去不了了。

印成十分郁闷：不早说，我都跟人说好了带女伴。

牡丹使劲压住心中欢喜，半开玩笑问他：有年龄限制吗？要不我顶上去。

印成很给面子：我也这么想的，怕你不赏脸呢。

哈哈哪能，她笑，衣服你喜欢哪套?

那套红色的吧。

那套领子好高。

高点好，开那么低给谁看。

给你看啊。

俩人一起笑。牡丹自己把自己调戏得脸都红了。

4

这种宴会是牡丹的舞台，她随便一发挥，便能赢得许多目光。但今天她很乖，老老实实陪在印成身边，做一朵衬托红叶的小绿花。有碰巧双方都认识的朋友看到他们结伴，很惊讶：呦你们俩！印成倒大方，调皮地把头歪在牡丹肩膀上说，昂，我们俩！

牡丹趁人不注意偷偷问他：怎么觉得他们的眼神都不对劲，是不是咱俩不般配？

大概因为你气场太强了。印成说。——也许这是一句赞美，但牡丹可没那么想，她立刻转向另一个思路，话里有话试探他：要是那个小研究生来，就好了。

她故意把童青说成小研究生，虽然那个名字每天都清晰地在她心里回荡。

印成轻轻摇头：她不适合这种场合，其实今天她未必有事情，可能就是发怵，才找了个借口。当然，也可能是不想凑我的热闹。

我猜是后一种，牡丹坏坏地笑，人家没看上你。

别发坏。印成不轻不重地拍了牡丹一巴掌。

没想到你喜欢那种风格，不过越单纯的小姑娘越难搞，看你本事了。牡丹继续探路。

咳，才见过几次面而已，而且，貌似确实没什么可能。印成边说边往嘴里塞葡萄。

别担心别担心，还有我呢。牡丹语气是戏谑的，但一说完心里忽然好紧张，也下意识地抓了颗葡萄塞进嘴里。

印成显然被她的话惊到了，含着那一颗葡萄转头看她。牡丹也含着葡萄看着他。若有人碰巧拍下这一幕的话，想必画面将十分滑稽：一对男女分别鼓出一个腮帮子，以探寻求证的目光对视着，仿佛在互相追问：你嘴里藏着什么？或者，你心里藏着什么？

这一次印成喝大了。散场时已经站立不稳，是被牡丹扶上车的。她开着他的车，把他送回家，扶上楼，放倒在沙发上。

情景很像几年前那次凤凰酒店的结尾，只不过两人互换了角色。

印成睡意迷蒙，牡丹接了一杯水放在茶几上，看着他。其实她很想蹲下来好好看看，甚至好好跟他说几句话，打探打探在他微微起伏的胸膛里，有没有她一个小小的容身之地。

但几年前那一幕仿佛一个魔咒，唆使她不要说话，不要恋战，就仿照他当年的样子，快点离开。

她意犹未尽，却不得不走。

—
5

第二天傍晚，印成打电话来，线路一通，就先打了个喷嚏，再一开口，牡丹就听出他鼻腔里塞满了鼻涕。

感冒啦？牡丹问。

嗯，昨天冻着了，你也没给我盖条毯子，我睡到半夜冻醒了，发现毯子就在脚边。

我，我要报复。牡丹有点心疼，又莫名觉得好笑，她一下想到“报复”这个词，没错，就是这个意思。

报复？他当然不懂。

那年你送我回家，不也这么放倒我就走了？

啊？那是夏天呀大姐。再说你醉成那样，我还留下来干什么？

我醉成那样，你不正好沾点小便宜？牡丹本来是要继续拿出玩笑口吻说的，不想话一出口，却充满严肃的幽怨，仿佛说的是一件多么不能原谅的正经事。

我，这个，你……印成瞬间结巴了。

牡丹笑起来，别解释了，知道我没入您法眼，所以昨天才报复一下，故意把你冻感冒。

谁说的，没入眼那天我干吗生拉硬拽把你送回去？

啊？那时候你对我有意思？

非常有意思。可你对我没意思。

牡丹心里一动。她仔细想了想，那时候她对他，好像确实没什么意思。

可惜现在你口味变了，改喜欢小研究生那款了。她遗憾地说。

都喜欢。

好花心。

你爱吃酱鹅肝吗？爱吃三文鱼吗？爱吃西兰花吗？

都爱啊，你居然还记得这些！

不是标榜我关心你，我的意思是，人会有很多口味和喜好，吃不到鹅肝，退而求其次转向西兰花也很正常吧？

小研究生是鹅肝？

你是鹅肝。

你才是鹅肝！

非常荣幸！印成大笑，笑着笑着又打了个喷嚏。

牡丹扶了扶晕掉的脑袋，说，先挂了吧，我去你家。

干什么？

给你盖条毯子。

6

飞奔在去印成家的路上，妈妈打电话来问她在哪儿，牡丹含含混混地说，去吃鹅肝。

吃鹅肝重要还是找对象重要？说说昨天怎么回事？

牡丹这才想起，昨天她还晾了另一个男人。

她语重心长地说，妈妈，吃鹅肝重要，找对象也重要，但是现在，吃鹅肝就是找对象。还有，有两千万的男人不一定是好男人，把你当鹅肝的对象，才是好对象。

那头半天无语，妈妈估计被她绕得大脑缺氧了。牡丹自行挂掉电话，咧嘴大笑，眼角隐隐约约又多出来一条细纹。但是不要紧，有些东西就算千不该万不该，也迟早会来，要紧的是那个该来的，像鹅肝一样的男人，恰到好处地来了。

爱情需要天时地利人和，而现今时代，地利与人和极易达成，只是天时难赶。老天愿意在头年冬天把爱意种在两个人心里，让它们恰好可以在来年春天发芽生长，这才是最大的眷顾。

久别胜新欢

1

黄宝强毫无预兆地通知我，他要临时加个班。他老板也是刚这么通知他的，被通知的人都没有抗命的余地。你可能觉得加班没啥大不了，跟午餐吃high了，临时加碗饭没甚差别，但我不能接受。因为这世上有个叫国际工程公司的鬼地方，在那儿工作的人一说要加班，就意味着要被发配到一个遥远得你闻所未闻的荒芜国度，不见天日地加上三个月，或者半年。期间你会跟他失去一切联络。手机？别做梦了，他们就是去建信号塔的。

很抱歉我没记住这次他要去的地方，加勒比海地区的尼什么提什么黎？当然尼什么完全无关紧要，我迅速把它简化为尼玛国，然后强迫自己接受黄宝强即将坚决彻底地在我生命里消失一段时间的事实。

我们恋爱四年了，热火朝天的日子早就过去，我不愿他走不是情感原因，而是因为两个火烧屁股的问题：一是他正装修新房，以期未来某一日在那里迎娶我。他这一走，就要把这个盛大的工程转包给我，我现在已经忙得饭都吃不上，哪有能力接手？——这是光明正大的理由，还有一个是说不出口的：我对他的感情正暗暗经历质变，说明白点，我越来越觉得他是个傻大粗，跟我并不相配。我正一步步走在不爱他的路上，如果他不走，也许两三个月，我就能把那条路走通，义无反顾跟他拜拜。

而在这背后，还有一个强大推力：我和他的哥们儿杜马眉目传情已久，私下约会也有三次，虽然尚未逾矩，但彼此心知肚明，说不定哪一刻，只消心念稍微一转，一切就水到渠成。

杜马是个脑子和嘴巴都很灵的男人，我说的话，他句句都懂，每次聊天，我有来言，他必有去语，而且总能切中要害，让我觉得彼此的沟通高效而美妙。就冲这份知心，我已忍不住从黄宝强那里分了一些情愫给他。好吧，我承认这叫见异思迁，我有愧，我有罪，我意志不坚，我不太检点。

但一切都还只是苗头，我只是在潜意识里逐步关掉对黄宝强的爱，偷偷摸摸地把它们搬到杜马那边。这需要个过程，就像蚂蚁搬家一样，虽然工程并不浩大，但必须谨小慎微，以保证我和黄宝强都不受太大创伤。可我正搬得兴致勃勃，黄宝强却忽然要跑去尼玛国。他一跑，我就不得不停工。这太恼人了。

—
2

黄宝强对我的恼火，仅仅理解为我对新房装修工作的无助。不就仨月么，他说，让装修公司继续干活就行了，我再交代杜马一下，你搞不定的就让他照应，你俩一起搞。

最后这句话让我心里一片兵荒马乱。

把新房钥匙交给杜马那天，黄宝强还好死不死地讲了个笑话，说有个将军娶了个漂亮老婆，有次要外出打仗，又担心老婆给他戴绿帽子，于是给她绑了个贞操带，又把钥匙给了自己最信任的朋友保管，然后放心地出了门，但他刚出城门，那位朋友便快马加鞭追来，说，将军，你把钥匙给错了。

看着黄宝强笑得花一样灿烂的四方大脸，我五内俱焚。还好杜马镇定，笑嘻嘻地说，你别给错我钥匙。黄宝强说错不了，你俩一人一把，给我看好了家。

然后他就走了。

在他走掉的第三天，杜马就有了行动。他提着腌好的菠萝、莲藕和鸡丁，在傍晚敲开了我家门，站在门口说，知道你忙，我来做你的贤内助。我看着他卷着袖子的格子衬衫上微微的汗湿，心里一阵荡漾。然后他就进了厨房，我继续回书房工作。他洗菜、点火、煎鸡丁的声音搅得我心猿意马，他每进行一个程序，我的心就收紧一些，距离我必须给出答案的时间越来越近，可我完全不知该如何陈述。

他的菜上桌了，两荤一素，色相很好。这不是他第一次来我家做菜，上个月他就来过，上上个月也来过，不过那时黄宝强还在，有他在我的使命就只是吃菜而已，相当好完成，但这次不同了。

杜马坦然坐在了黄宝强惯常的位置，反客为主地喊我：吃吧。又说，别紧张，我是好人，没给你下药。我表扬他菜做得不错。他说，要征服一个女人，也要先征服她的胃。然后夹了一块菠萝放进我碗里。

这时候如果是小女生，一定会比喻那酸甜的味道像极了爱情。我兀自在心里感慨万千。像杜马这样既会说话又会做菜，既幽默又体贴长得还好看的男人，估计离绝种不远了，国家真应该把他作为一级保护动物养起来。他不是杜马，他是宝马。

现在这匹宝马就在对面似笑非笑地看着我。我知道交卷的时刻到了。我有三个选择，一是闷头吃饭，代表回避。二是抬头与他对视一秒钟，表示领情。三是对视三秒钟或更久，让一切发生。我选二。我本来就很二。我抬起视线看他一眼，微微一笑，然后不等那段连接在一起的目光产生电流，就立即收回来，转向不相干的地方，再配合上嘴里不相干的话题，一次征讨就过去了。

吃得很好，聊得也很好，胃和心都得到了满足。我去洗碗。我碗洗得不错——一个女人若做饭不拿手，再不会洗碗，就如同一个男人赚不到钱，又不会换灯泡，是不能被原谅的。杜马站在厨房门口看着我，看得我整个后背一片火烧火燎。到我把最后一个碗放进橱柜，摘下手套解开围裙，做离开厨房的准备，他依然站在门口岿然不动，嘴角和眼神准确地勾勒出“快到我碗里来”的深意。我心猿意马，进退不得。他淡然一笑，直接逼宫：行不行啊？

我像年轻的抗日英雄那样，在最挣扎的瞬间万念闪过，我想起在尼玛国建塔的黄宝强，想着他尘满面鬓如霜的可怜相，想着他那一切按照我的意图装修的新房……我退缩了，我说，行是行，但得等黄宝强回来再定。

那只主动投到我笼子里来的保护动物，失望却不失风度地，闪了身。

—
3

我不愿偷偷背叛黄宝强，不是因为人格多么正直高尚，而是，前面说过，我还正在移情的过程里，这意味着在他那边，还保留着许多我来不及移走的爱意。若在此时投入他人怀抱，我自己内心里是过不去的。

那天杜马刚走，我忽然接到黄宝强的电话，他急吼吼地问：听说你们那边地震了，没事吧？我说没事，四级小震，没啥感觉。他长舒一口气又问，杜马他们呢，也没事吧？我做贼心虚地说，应该，也没事。他踏实了，开心地说，本来今天准备去工地，听说你们那边地震，我又折回来给你打电话……幸好震级不高，你说这要跟汶川地震似的，把你震死了，我连遗体告别都来不及……

我呸呸呸地把手机都呸湿了。我相信黄宝强打来这个电话，是费了一定周折的，也相信他打心眼里在意我的安危，可是你再怎么铁汉柔情玻璃心，也得有相应的表达才行，好端端的关心爱护，被他一搞几乎成了恶毒诅咒，不容我产生丝毫惊喜感动。

唉，傻粗黄宝强啊，你又失一分。

而那边厢，杜马正积极主动地约我去看电影。男女间的爱情就像上海人吵架，你退我进，你攻我守，试试探探，纠纠缠缠，但只要双方都没表示出收尾的意愿，这仗就打不完。

我接招。我们先在电影院旁边的咖啡馆吃了顿牛扒，杜马殷勤地帮我切牛扒的举动刺激了旁边的一对情侣，女的偷偷指着杜马对男的说，你看人家。男的立刻有样学样，笨手笨脚帮女的切，可惜手法太差，一出手就把一大块给切到了餐桌上。

我很不厚道地笑了，对杜马说，你简直是别人爱情的刽子手。杜马不明就里，但听出这是一句极高的褒奖，谦虚地说，过奖了。

电影是个悲伤的文艺片。临近结尾，当男猪挥泪告别女猪，悲痛欲绝地祝她幸福时，我毫无悬念地潸然泪下。杜马就在那一刻，握住了我的手。

据说牵手是中国人确定恋爱关系的标志，我没法装傻，当那只微温而干燥的手明确地传达心声，并要求反馈时，我回握了它。

电影散场，情人们一哄而散。我和杜马牵着手，慢腾腾地走出来。我一面细细体味那翻腾四溅的柔情蜜意，一面警惕地观察着四周有没有熟人。黄宝强不时从我心里跳出来呐喊，我强硬地一次次把他关回去。

时间尚早，我打算在附近的小街上逛逛。我已经大半年没逛街了，衣橱鞋柜首饰盒都空荡荡地求贤若渴。

一共逛了三家店。第一家是首饰店，我看上一条烟色手绳，三十块。杜马争抢着替我付了钱。第二家是鞋店，我败下一双五十块的凉拖，还是杜马抢着付了账。到第三家店，在我热情洋溢地套上一件三百块的小洋装时，杜马忽然接起了电话。我心思都在小洋装上，完全没在意他的电话内容，等我迅速交了钱准备喊他走人时，他的手机忽然响了。

——请别怀疑，我的表达没有错。事实就是这样：当时我就站在杜马身边，他举着手机认真地说着什么，可是说着说着，那手机居然响了。很不合情理是吗？对，当时我也这么觉得。杜马迅速重新接起电话。而我依然没记得他都说了什么，我被这个曾在段子里看过的情节震惊了。

—
4

记得刚跟黄宝强谈恋爱时，他穷得要死，每次出门都会提前告诉我，他口袋里装了几块钱，也许够吃一顿小餐馆，也许够一顿路边摊，也许只够一袋爆米花，我也不会跟他客气，有一分花一分有一块花一块。但每次做家教赚了钱，我都全部交给他，让他留着请我的客。

后来黄宝强赚钱多了，还是如实向我汇报他的财务状况，不管我想要什么，只要他有，就绝不吝啬。我一向以为男人都是这么大气的，从未想过某一天会有一个刚刚牵手的男人，为了件三百块的小洋装跟我玩猫腻。其实那三百块我压根没想让他付，在我心里，我们的关系还没到收他三百块的份儿上，何况他之前已经为我付了两次。

而这个玩了猫腻的男人，并不以为自己做错了什么。他继续向我进攻，仿佛只记得牵手事件，忘记了电话事件。人总有瑕疵。我是这么劝慰自己的。所以当黄宝强的新房需要购进壁纸灯具洗手盆，而我又实在抽不出时间搞，还是请他来帮忙。

我假装把牵手事件也忘了，重新跟杜马回到确立关系之前。就像他回避我的小洋装一样，回避他屡次的亲近和暗示。不过我还是感谢他，为了那栋不知跟他有什么关系的房子，东奔西走跑了很多腿儿。

新房装得差不多时，黄宝强也要回来了。我抓紧时间清理杂物，想展示给黄宝强一个尽量像样的新居。

那天，就在我跟装修工人做最后的交接时，隔壁的女邻居推门而入。看到我，仿佛看到不该看到的东西，呆呆瞪了两秒才说，咦，我以为是小杜来了。我还没想好怎么答，倒是装修工人轻车熟路地说，孙教授呀，小杜昨天不是去你家了？

孙教授腼腆而含蓄地嗯嗯啊啊，转而把目光落在我身上，迫切而又装出不迫切的样子盘审：你是，小杜的……？我说小杜是我老公的朋友。她露出恍然大悟的畅快，整个人都放松并平静下来，换上女知识分子的笑容跟我道别。

她一走，装修工人一脸坏笑：单身女教授你伤不起呀，天天过来找小杜，昨天小杜在她那待一下午，今天又来找小杜。

他话音刚落，杜马忽然出现在了门口。装修工人豪爽大笑，说谁谁来啊。

说我了？杜马目光定在我脸上。我有点别扭地说，刚才隔壁女教授来找你。

噢，她可能想看看这边的装修风格。

那你去她那边想看什么？也看装修啊。看装修要看一下午啊？

我，杜马，装修工人，分别发出寓意不同的笑声。

女教授也许听到了杜马的声音，二度不请自来。嗨小杜，她看到了想看的身影，开心招手，昨天你要吃的鲜荸荠我煮好了，过来尝尝吧。

杜马是几乎被女教授生拉硬拽过去的。他临出门时深深看了我一眼，表示歉意和情不得已。我还他一个宽容的微笑，是那种划清界限的宽容。

—
5

黄宝强在北京给我打电话，告诉我他还活着，明天就能回来见我了。他是一落地就给我打了电话，但十几分钟里没说一句好话，通篇都是那边很苦，路上很赶，北京很脏，心里很急。急着干吗？后面半句被他吃掉了。关于我很想你，急着见你，心里全都是你这类话，割鼻挖眼他也绝不会说。

还好我习惯了，而且我现在知道，满嘴好话的，不一定干好事。第二天，我在新房亲切会见了久别的黄宝强。我太了解他，知道我和新房都是他最想见到的，所以就让他两个宏愿一同实现。

我头一天连夜在新房的床上铺好了被褥，以备不时之需。事实证明了我的英明，黄宝强进门不到三分钟就把我撂倒在了床上。又过了不到三分钟，就偃旗息鼓了——证明这三个月他没有偷吃。

十分钟后，他开始翻他的大包，窸窸窣窣从里面摸出一个小包，解开一层破布，又解开一层报纸，最后从一个卫生纸包里拿出一小把碎石头一样的东西，高兴地向我展示：你看，我给你买钻石了，据说是海盗劫了转卖的，特便宜，我找人验了，是真货。

我很开心。你知道世界上没有女人是不爱钻石的，就算它们朴实无华地包在一张卫生纸里，一粒一粒灰头土脸，但它们毕竟是钻石，具备恒久远、永流传的优秀属性。

门外传来女教授高跟鞋踏瓷砖的巨响。我忽然有点紧张，杜马会不会也出现在这个走廊里？他会推开02号还是03号的门？我跳起来从里面把门反锁了，往回走时，又想起了那天电影院里的牵手，心里不禁一阵懊丧。都怪自己意志不坚，都怪那电影太感人。其实平时我看电影都不哭的，那天却——我忽然想到，那天情不自禁的哭泣，是因为男主角太像黄宝强了，他那么傻傻地爱女主，却因为笨，而不得已伤心欲绝地离开。

还好人生不是电影，不用刻意演出一场悲剧来给观众催情。黄宝强就算是臭棋篓子，我也一定要和他下完这一盘。因为他的臭，是臭豆腐的臭，闻着臭吃着香，越品越香。不像有些人，像喷了香水的塑料花，乍看香艳绝伦，一旦凑近了，就只剩一堆虚情假意，没劲。

一见钟情，一生钟情

1

大旗送我的第一份生日礼物是一支自动铅笔，用一个皱而丑的塑料袋装着，里面还塞了张更皱更丑的纸条，写着：黄果果同学，请用它书写你远大的人生吧。

那天我还收到了花牛的礼物。人家送的是一个花枝招展的日记本，特文艺特招女孩喜欢那种，而且人家写在扉页的是：生日快乐，果果，希望有一天你会在这里面写到我的名字。

我把它们都拿给同桌兔兔看，她凝眉思索片刻，说，大旗太不懂女生了。

我觉得兔兔的评价很深刻。虽然我也隐隐觉得这事怪不得大旗，毕竟他才十三岁。可花牛也是十三岁，人家怎么就那么懂事？

可惜花牛懂的事太多了，多到了让人讨厌的地步，他整日聒噪不休，逮到机会就跟我们讲社会内幕，讲营养健康，讲世界格局，好像整个地球都关在他家客厅里。我很痛心他把这副好口才用在全无意义的浮夸上，如果他能像大旗那样安静地做个美男子就好了。

大旗呢，又太呆。他会用那么诚心诚意又内容丰富的眼神看我，却说不出半句漂亮话，让人想对他好都提不起兴致来。

总之，这两个人各有优劣，都徘徊在我的理想之外。

到十五岁的夏天，我们即将开始中考，也即将面临解散，在紧张肃杀的气氛里，有一种诡异的暗流在涌动。有一个女生每天都哭，因为她再也不能隔着两张课桌看暗恋的男生。有一个男生每天都在走廊转角的暖气片前忧郁地唱“伤离别，离别虽然在眼前……”还有一对男生女生每天都穿同款牛仔裤，低调地进行着告别仪式。

人大概都是这样，每到临期末晚，要关门了，要面对那个永远的不可能了，就会生出格外强烈的不甘和不舍。

我也被那种情绪裹挟着，暗自企图某种状况发生。

就在那时，花牛开始对我放大招。他连着给我写了十七封情书，把各种属于我和不属于我的美好统统加在我身上，情真意切地畅想了我们在一起的美好未来。

我有点醉了，决定应下这个痴汉。

中考前一天，大旗郑重其事地来跟我聊高中志愿。我说省实验一个名额，一中五个名额，你年级第一我第三，不出意外的话肯定你实验我一中啦。大旗摇摇头，说我准备不考第一。

——听听，这就是学霸无与伦比的傲娇，他能自行决定要不要考第一。

我立刻明白了他想跟我一起进一中的心意。赶紧说，你傻啊，能进实验你不进。

大旗凛然道，反正我决定了，数学最后两道大题我不做。

他转身离开，我在后面大叫，别啊，你得做啊得做啊。

大旗不理我，兀自迈着大步走掉。我看着他果决的背影，心里一阵难过。傻大旗，我已经准备答应花牛了啊。

–

2

中考结束的第二天，我家信箱出现了一张电影票。我立刻想到头天刚成为我男朋友的花牛，打电话问是不是他送来的。花牛说是啊是啊，晚上我们一起去看吧。

我穿上最心水的长裙去赴约，花牛一见便说，美死了。

我们在前排找了位子坐下。然后我发现花牛手中电影票的座号跟我那张相距甚远。花牛开始讲这部电影的演员阵容、投资公司、拍摄背景。我烦躁地回头看去，在本来我的座号旁边看到了大旗。他正愣愣地看着我。

我们默默对望了几秒钟，各自收回目光。我心里又一阵难受。

花牛还在喋喋不休地讲，我心烦意乱地要求他安静。他安静了不到一分钟，又开始讲。我对他的好感渐渐崩毁，忍不住又回头去看大旗。

他已经不在那里了。

电影结束后，我对花牛说，对不起，我们分手吧。

分手这词其实并不准确，因为我们尚且没牵过手，我们的一切都只停留的口头上。

花牛愣了一下，又开始啰啰嗦嗦地说些空洞无味的话，我看着他，他的表情和眼神也都空洞无味。

这个人，怎么看不到真心呢。我想。也许一个人话太多，就会把心给说没了。

后来兔兔问我为什么不喜欢花牛，我说他嘴太碎。

那应该叫伶牙俐齿吧。兔兔说。

—
3

中考成绩公布，我以全校第一的成绩进了实验，花牛和大旗去了一中。

我觉得亏欠大旗好多，很想找个机会做些弥补。可他再也没有找过我，只在每年我生日时寄来一张贺卡，写的话也极简单，拼搏奋进再创辉煌之类的。我每次看到都觉得好好笑，又莫名的好想哭。

高三那年我生日的傍晚，我在放学路上看到了大旗。他穿着大羽绒服背着大书包站在一个小卖部门口，比我印象里高了好大一截，我得仰起头看他了。这感觉有些陌生，好在他的眼睛一点没变，还是圆溜溜亮晶晶的，也还是诚心诚意纯净清澈。

我问他在这儿干吗。

他说我等我妈。

我忍不住笑了。

他又赶紧改口说，呃不是，我妈让我来买好太太味精。

我说买了吗?

他点点头又摇摇头，挺慌张地递给我一个小盒子，说今天好像你生日，我顺便买了个玩偶给你。

他拿着盒子的手冻得通红。我看着心有点酸，又有点甜。

我那天还收到一些别的礼物，回家后我把它们逐一拆开，大旗那个盒子里面是一个布艺的黑脸张飞，耀武扬威的样子，在一堆萌美的粉嫩的俏皮的礼物里显得格格不入。

傻大旗，哪有生日礼物送张飞的。

但我还是很喜欢，把它挂在书包上，每天背着，耀武扬威地晃荡完了整个高三。

4

八年后，兔兔结婚。我从韩国飞回来给她做伴娘，像贴身丫鬟伺候慈禧那样帮她穿鞋披衣整理头饰拖婚纱的长尾巴。新郎对我的服务赞不绝口，一个劲儿地叨念着我这么好的女孩怎么就嫁不出去呢。

从见到我那一刻，他的嘴就没停过。

忘了说，新郎就是花牛。

我在烦躁中被兔兔的婚纱绊了一跤，花牛立刻伸手来拉我。我拨开他的手，自己慢慢站起来，就听有人在旁边笑道，花牛你死性不改啊。

那声音太熟悉了。我抬头，只见大旗正对我笑。

他穿着笔挺的西装，样子很符合我妈那代人的审美。

大旗是你啊，我惊讶地说，你怎么来了，哎呀我都认不出你了，你变样了，像个大人了，哎呀真的是你吗大旗……

花牛在旁边向我打出暂停的手势，我没看见。他又拿手在我眼前晃，我也没管。最后他作势去捂我的嘴，我才停下来。

还说我嘴碎。花牛说。

好久不见，果果。大旗边说边伸出右手。

你终于不叫我黄果果了。我开心地握住他的手，下意识地看向他的眼睛，还是那样干净清澈的一双眼，一点没变，但诚意呢，我有点拿不准了。

花牛问大旗，你媳妇来了吗？大旗指指大堂，来了，里面呢。

我扭头看去，喧闹的大堂人来人往，红的黄的气球一串串地悬在空中，像一串串没有着落的幸福，或者一颗颗一触即破的心。

我还是勤勉地尽着伴娘的本分，但精神有一大半分裂去了来宾席。我和大旗的目光一次次不期而遇。悸动和失望在我心里轮番上阵，摁下葫芦浮起瓢。

典礼终于结束，我慌慌张张地赶到初中同学席，没用劝就先干了一杯。我很想你们。我说。

然后转头问大旗，你媳妇呢？

大旗笑，指着他对面的王朝阳说，就他啊，你不知道吗。

王朝阳也笑，说，鄙人不才，初中跟大旗同桌，高中又同宿舍，大学还同系，毕业了还住一套房子，故而人称大旗妇。

我还想跟他住一个卧室呢，大旗说，他媳妇不乐意。

大家都笑。王朝阳拍拍桌子说，都严肃点，我现在要提个倡议，以后你们别大旗媳妇大旗媳妇的叫了，我妈都怀疑我搞基了，吓得天天催我跟牡丹结婚。

我说，大旗那你现在有媳妇吗？

他说能找上媳妇我还跟王朝阳住一块啊。

一个女生批评王朝阳，说你争点气不行吗，别赖在大旗家了，跟人家花牛学学，毕业三年都鼓捣出四套房子了。

王朝阳嘴硬，说谁能跟花牛比啊，人家干的都是大买卖。他拿起手机，仿着花牛的神态和声音脸朝着天花板说，那什么，地球昨晚转了吗？太阳还是从东边出来的吧？我擦，这孙子一天没盯着就从西边出了啊，太不像话了，跟它说明天别干了，让火星来！

我笑得内衣带子都崩断了。

—

5

饭后大旗送我回家。上了车，他问我，你家没搬家吧？我说你知道我家在哪儿？他笑笑，说，当然。我说我也知道你家住哪儿。

他认真系好安全带，说，有一年，我想送你生日礼物，从我们学校走到你家，又从你家走到你学校门口的小卖部……

好太太味精。我说。

我们一起笑起来。这是地球上只有我俩才懂的笑话。

对了，为什么送张飞呢？我问。

因为，他代表忠诚，率真，呃还有，希望他能保护你吧，我也说不太好，反正当时心里的想法挺多的。

大旗把车稳稳当当地停在我家门口。我说大旗你跟花牛最大的不同，是你让人觉得好安全。

人太笨就容易释放这种错觉。他说。

笨能读到博士啊。我说。

其实该下车了，但肚子里的话坠得身体很沉，腿抬不动。

大旗说，对了，有个韩国公司请我去做博士后，我准备去，不想错过。

他眼里又出现了那种独一无二的诚心诚意，那是世界上最动人的目光，经过漫长的时光历练，分毫未变。

我贪恋地看着，看得眼泪都掉下来了。我使劲抹了一把，说你可以不去，因为我可以回来，我也不想错过你，傻大旗。

一辈子这么长，要找个诚心诚意的人一起过。

我是小青，待解救

一

1

2001年，我初一。我们班有一群男生很坏，整天以弄哭女生为乐，一天不弄哭两三个就会像一天没吃饭那么难受。他们私下里把女生按脆弱程度分成五级，一级一戳就哭，五级戳死也不哭。我有幸被分在第五级，是唯一到期末时还没为他们哭过的女生，成了游戏里挡在最后一关门口的大BOSS，是他们通关前最大的障碍与乐趣。

可想而知我当时的日子有多艰难。男生们每天唱着“向前进向前进，战士的责任重，妇女的冤仇深”，把我的作业本偷走，往我的书包里挤牙膏，把我的椅子锯断半条腿，我几乎每天要被反锁在教室，被水枪喷得浑身湿透，被绳子或木棍绊个狗啃屎，但我坚决不哭，倒不是我骨头硬，我只是拧，拧得没人性。

若生在一百年前，我或许能成为秋瑾或赵一曼，最差也是刘胡兰，但因为斗争对象不对，我被加封的雅号不是女英雄，而是二愣子。

我们班许多女生都有外号，蛮子，煤灰，水缸，一个比一个难听，但说心里话，我愿意跟她们任何一个交换，就算是炮筒子也比二愣子好啊，有哪个女生愿意天天被一群男生跟着身后喊“二愣子”呢。

我的英勇记录差点就保持到了寒假，但剧情在期末考试的第二天上午逆转了——严重点说，我的一生都在那一天逆转了。

那天上午要考两门，第一门结束后我去水房接水，走到门口就看到我们班的三个男生在里面，我立刻转身欲逃，可是晚了，一个男生飞快地挤到我旁边，把满满一壶水泼在我羽绒服上，嘴里还嚷着，哎呦二愣子你把我水都碰洒了。

寒冬腊月，我蓬松柔软的羽绒服在冷风里瞬间就冻成了一块铁板，紧接着毛衣和秋衣也成了铁板，我面无表情地披着这身铁板穿过操场往教室走，心里纠结得要死，回去换衣服肯定要耽误第二场考试，就这么穿着它，又太难受。

我只好去找顾清。顾清是我们大院的，他爸和我爸是同事，他妈和我妈是同事，他从小就被教导要照顾我。

我像钢铁侠一样站在初三二班门口，把顾清喊了出来，说，你能帮我找件衣服穿吗？

他看着我的羽绒服，皱着眉头问：谁干的？

我说崔海。

顾清就拉着我去找崔海，见到他就说：你把衣服脱下来，给她。

崔海不干。顾清上手就扒，三下两下把他的棉大衣扒了下来，递给我说，你穿吧。我说我不穿他的衣服。

顾清想了想，把自己的棉服脱下来说，那你穿我的。然后自己穿上崔海的衣服，并警告崔海：再惹她我跟你没完。

顾清比崔海高一大截，崔海的衣服穿在他身上又瘦又小，很滑稽。我看着他，想笑，却忽然哭了。

那天我裹着顾清的棉服，一直哭到考试结束，好像流浪的孩子忽然回了家，之前的所有艰辛与屈辱都终于得以宣泄。

二愣子哭了。男生们奔走相告，击掌相庆。崔海成了英雄，大家努力一学期都没有达成的任务，被他在最后关头实现了。虽然他无法解释棉大衣的去处，但谁还在乎这个呢，何况英雄还穿什么大衣啊。

那天晚上我去顾清家还棉服，并简要介绍了这一学期的抗争史。本是想讨个表扬——至少是安慰。不想，他只是说：你为什么不早告诉我或者老师？

又说，有些坏人你是斗不过的，正面对抗没好处。你是女孩子，要懂得示弱和求助。瞧瞧，十五岁的顾清已经参悟到了这样的人生真谛。

我坐在顾清家的小马扎上，以七十五度角仰望着他，忽然觉得他身上散发着神圣的光，让人感到一种柔软的温暖，一种悠扬的光亮。

打那刻起，我就再也不是那个横眉立目宁死不屈的二愣子了。

二

2

2004年，我高一，顾清高三。我好不容易盼到又可以跟顾清出入一个校园，第一天放学就在学校车棚门口等他，也不征得他同意，就骑上他自行车的后座，让他带我回家。

一个星期后，有个女生来找我，说：你为什么老缠着顾清？

我恬不知耻地说，我喜欢他呀。

人家说，可我是他女朋友。

我顿时颓了。那个女生眉目美好，长发柔顺，粉色的荷叶袖小针织衫优雅妥帖，我打量着她，也在心里默默打量了一番自己，觉得她是这学校里为数不多的能在姿色上跟我有一拼的女生。

那天放学，我照例坐上顾清的自行车后座，到我家楼下时，我扯了扯他的袖子，问：你有女朋友了？

顾清点头。

我以女英雄的气概说：你想换一个吗？

他坚定地摇了摇头。

那多一个呢？我又问。

顾清笑了，指着我家窗口说，你妈看着你呢。

我抬头，果然看到我妈那张油脂麻花的大脸正从三楼窗口探出来。去买瓶酱油，她粗声大气地喊，我炖排骨酱油不够了。

我愤恨地瞪她一眼，转头去旁边的小卖部。又听见我妈喊：顾清上来吃排骨吧！

顾清礼貌地大声说：不了阿姨，我得回去做作业。

买了酱油回去，我妈说，你班主任给我打电话了，说你化学摸底才41分，你怎么那么差啊？

我说你甭管，我以后学文科。

她说那哪儿行，文科找工作多难，好单位都是招理科生，你三姨夫他们公司上个月招聘，摆明了文科生不要，女生不要，你一女孩子……

我头皮嗖嗖地麻起来，夺路往卧室蹿，但就在关上卧室门的同时，我听见我妈说，要不让顾清来给你补补吧？

我呼啦一下打开门，说好啊。

顾清做我的义务家教也不是一次两次了，不久前的中考，我之所以闯进这所重点高中，顾清就功不可没。那阵子他每周会有两三次来我家吃晚饭，然后一边自己做题，一边想办法把我这滩烂泥扶上墙。

完成功课之后，他会专门留出一些时间陪我聊天——之所以说是他陪我，是因为大部分时候是我问他答，我说我的困惑，我的迷茫，我的想不通，我的理解不了，而他来化解这一切。

他总有本事化解。

我太迷恋那些时光了，不管聊天还是讲题，听他解析答案我比看《Discovery》还开心。那些我原本认为应该归入“9999个世界未解之谜”的数学题，他总能干净利落地给我讲明白。是什么魔力让一个圆锥体都不会画的蠢蛋迅速学会了在三棱柱上巧妙地做出辅助线呢？我的数学老师想必愿意用一生来研究这个伟大的命题。

但这一次顾清恐怕不会带来什么奇迹了。因为在他开始给我补课的第一天，我就告诉他我想学文科，我的理想是做个小说家。

为什么是小说家，而不是作家或者文学家？他问。

我说因为后面两个要读太多书掌握太多知识，起码要知道一百多年里诺贝尔文学奖的巨额奖金都被谁拿走了，他们是哪国人，写过什么著作，写法有什么特点，我脑力有限，肯定记不住这么多。而小说家就简单了，只要敢胡思乱想，又敢把胡思乱想到的都写出来，就成功一半了。

顾清说，照你的意思，小说家最集中的地方是精神病院。

我说还真是。

顾清一声长叹，默默把我书包里的所有试卷都翻出来，逐一看过后又一声长叹，说你就学文科吧，这化学真没什么必要补了。

我的人生方向就这么确定了。

后来我义无反顾选了文科班的时候，我妈骂了我三天三夜。她有八百多个理由证明我错了，而我坚持认为我没错，理由就一个：顾清都支持我读文科。

顾清的话是圣旨？我妈问。

不是圣旨。我回答。然后默默在心里说，是神谕。

反正听顾清的总没错。这是我在十二岁那年树立的颠扑不破的信仰。

—

3

2007年，我大一，顾清研一。他换了新女朋友，我也在假装谈恋爱。

假装谈恋爱的意思是，确实有那么一个男生，每天跟我一起吃饭逛街上自习看电影，也会不定期牵个小手接个小吻，但他始终不是我真正的恋人，他的能量太微弱，根本无法替代强大的顾清，来掌控我精神世界。

比如在我跟他探讨要不要考研时，他说，考嘛，考上最好，考不上拉倒。

而同样的问题，顾清则说，考嘛，考上你就是有学问的小说家，考不上也是经历过挫折的小说家。

你看，是不是顾清更有说服力？

说这话时，顾清正在学开挖掘机。他读机械制造专业，毕业论文的方向是挖掘机设计。

那是在暑假，我去找他，他正豪气干云地操纵着一辆巨大的挖掘机，轰轰地在工地上转圈。

我掩鼻站在漫天尘土里，看着他从挖掘机上跳下来，灰头土脸的，头上挂着草棍，脚丫子像十年没洗过。

但这丝毫不影响我跟他探讨人生的热情。

我们站在工地的大土堆旁，他三言两语就解决了我关于考研的纠结，然后我们进入第二个议题，我告诉他我有男朋友了。

他说恭喜啊。

但是我想换一个。我说。

你乐意就成。

光我乐意不行，关键是你乐意吗？

他想了一下，说，不乐意。

我说，那加一个呢？

加谁？他问。

挖掘机司机。

他拎着我的耳朵把我拽到另一个土堆旁边，说，你站这儿不要动，反省一下。然后自己又爬上挖掘机，又轰轰地开着转圈。

我老老实实地站着，任由灰尘均匀地落在我身上，我眼看着雪白的蕾丝连衣裙越来越像一块抹布，心生悲痛。

等顾清结束练习，过来赦免我时，我已经变成了名副其实的灰姑娘。我们并肩往家走，我说咱俩像不像一对农民工夫妇？

顾清说，看来你还没反省好，咱俩跟那个词扯不上。

我说，哪个词？农民工还是夫妇？

顾清半天没理我，快到家了才又开口：我看看你男朋友的照片。

我掏出手机翻了个底朝天，才找到仅有的一张。顾清端详了一会儿说，这不挺好嘛。

不如你，差远了。我说。

咱们院书记的儿子不也追你吗，你妈说都去提亲了，你不考虑一下他？

不考虑，最讨厌他身上那种牛气哄哄的劲儿。

你们班那个班长，特会演讲那个，叫吴什么栋的，还托我给你带过信，他怎么不好了？

他除了嘴儿好，还有啥？

还有那个大高个，天天放学在后面跟着你的……

好了顾清！我急了，抬起灰扑扑的脏手使劲推了一把顾清灰扑扑的脏胳膊，然后看着手上搓下来的泥球哭了起来：你甭替我操心了！我以后不赖着你了还不行吗！

我说完撒腿就跑，一口气跑回家，踹开门，哭着冲进卧室。

我妈吓坏了，以为出了什么大事，追进来问。我不理她，只管哭。她跑到阳台上趴窗户看，正看到顾清从楼下走过，于是就明白了什么，返回来问我：跟顾清吵架了？

我抹了一把脸上的泥灰，艰难地止住哭，说，妈，你说我配得上顾清吗？

配不上。我妈诚恳地说。

—

4

2014年，我研究生毕业，开始在一家航空公司做宣传策划，并跟另一个男人假装谈恋爱。

工作很不如意，我每天都产生要么跳槽要么跳楼的念头。我向那位伪男朋友求助，他瞪着俩水汪汪的大眼睛倍儿纯真地说：怎么都行，你开心就好。

我感到胸闷，终于忍不住又去问顾清。其实那时候我已经有了些城府和志气，能管住自己不再有事没事骚扰人家，但就像一个冬夜里迷失在荒山野岭的人，她会选择就地等死还是厚着脸皮用一下GPS呢？

GPS耐心听完我的倾诉，一一驳回我的观点，说，同事没有刻意孤立你，处长也不是存心为难你，情况根本没那么糟，都是你不爱这工作，才会多干一点活就觉得苦，别矫情就没事了。

我说可是我真不想每天绞尽脑汁地写假大空的宣传稿，再低三下四地求媒体发表。你看我哪里还像一个小说家。

他说，宫部美幸最初还是律师事务所的小速记员呢，也没耽误人家一年写几十万字。坚持一下，天就亮了。

实话说，要是别人告诉我坚持一下，我一定跳着脚骂，坚持你妹啊，你红口白牙说一下坚持多简单，我可是要刀山火海趟过去，换你试试！

但顾清要求我坚持，我就坚持了。我像基督徒信任上帝那样信任他，也像基督徒爱上帝那样爱他。

遗憾的是，我的上帝并不爱我。他有他的上帝。

我从网上看过那个幸运姑娘的照片，她一点也不美——这不是我妒火中烧之下的污蔑，我拿着照片问了好多人，大家都说我比她好看太多。

可好看是没用的。见了那姑娘我才知道，她那么娴雅聪慧，淡定从容，一下子就衬托出我的粗鄙浅薄，我们的交流稍一深入，我的二愣子特质就活脱脱地现出原形。而她和顾清聊天，像神和神在云端交谈，那境界我架上云梯也够不着。

好吧顾清，我承认我够不着你。

—
5

2015年，顾清结婚。

我妈在婚宴现场给我征婚，并成功取得了三个大龄男青年的联系方式。她挑出其中最有钱的一个给我，说你今晚约他吃饭吧。

我哪有心情。但“没心情”绝不能作为推挡我妈的借口，我只能说我有事。我妈问什么事，我随口说，看话剧。

于是当晚，我就真的去看话剧了。

那晚演的是《青蛇》，是个人妖恋的故事，讲修炼了五百年的青蛇化成了人，由于道行太浅，所以是个混不吝的美女，她爱上了法海，但法海不爱她，他们纠缠了一世又一世，她在他的房梁上盘踞了整整五百年，直到最后小青妖寿尽了，法海也即将圆寂。告别的时刻小青说，我要转世做人了，我会忘了前尘往事，忘了宋元明清，忘了白蛇姐姐，忘了你，我不想忘了你。而法海说，小青，你等我回来，与你授业解惑。

我当场哭得稀里哗啦。

就在那一刻，我明白了自己为什么那么爱顾清。他什么都没给过我，却是我精神的依靠，在无数个茫然无措的时刻，是他拽着我，穿过黑暗，破土而出。

就像法海什么也没给过小青，但他让她懂了人世。

这世上的女人，多是道行太浅，在人世里跌跌撞撞的小青，常常陷入困境，常常六神无主，常常吓得发抖却不知向谁求助。我们都太需要一个解惑的人，需要他在黑夜里告诉我们，为何会有黑夜，黎明何时会来，天亮了又会是怎样的光景。

这种灵魂的解救，是一个男人能给女人的，比爱情和金钱更可贵的东西。真的，与此相比，钱算什么东西。女人都是因为得不到精神的救赎，才不得不退而求其次，去透过物质寻求安全感。

我们全是待解救的小青。只可惜，真正能给女人授业解惑的男人太少。

我何其有幸，遇到顾清。尽管，他从未给过我爱情。

第二章

Chapter 2

没关系啊，因为是爱情

北京 我们分手吧

一

1

透过巨大的落地窗，能看到楼下的紫藤花架和椭圆形游泳池，精巧的小秋千在树荫下一荡一荡，荡得章颐心花怒放。

360平，三层，余七轻描淡写地说，等以后孩子大了，咱们仨一人一层，你要哪一层？

这我得想想。章颐欢喜地开动脑筋——一楼进出方便，但难免有点吵，三楼又太冷清，就二楼吧。

但她还没来得及把想法告诉余七，就被一只大手从床上抓了起来。余七毫不留情地指着枕头上的一大团濡湿让她看：做什么好梦呢，口水流了一枕头。

章颐好半天才搞明白刚才的一切不过是个黄粱美梦。她在余七那只大手的有力支撑下，垂头闭目坐在床上，极力想再穿越回那个梦里，回到那栋属于她的别墅洋房，刚才只顾看外景，里面还没看呢，参照外面的档次，室内装修一定十分豪华，不，奢华。好不容易梦一场，不全面看看真是太可惜了。

但没时间了。失去耐心的余七一把将她拖下床，急吼吼催促：快点！还有十分钟，我去买早点了。说罢绝尘而去。

十分钟。意味着现在是六点五十分，而他们必须坐上七点钟从房山开往月坛体育场的长途公交。

章颐知道必须得向“十分钟”妥协。她哀嚎一声，满怀着让到手的别墅烟消云散的悲痛，飞快地穿衣洗脸涂口红，奔向456路公交车站。

又十分钟后，在456的最后排，章颐边吃肉夹馍边小声跟余七描述他们那栋高端大气上档次的别墅。

我记得还有一个蓝顶子的狗窝，实木的。她津津有味地说。

余七严肃地从肉夹馍里拽出一根线头，蹙眉扔掉。

当时我决定选二楼。章颐转头看着余七，期待他能给个答复，好把梦里的美妙图景延续下去。

别做梦了。余七严肃地说，买得起那狗窝就不错了。

—
2

准时到岗。章颐和一个光头大胖子前后脚进了门，胖子是来登记卖房的。68平，开价470万，就地段楼层户型朝向来说，要价不高。章颐在这家房屋中介干了五年，对附近的房价了如指掌。

而胖子貌似同样了如指掌。他抚着厚墩墩的大肚皮豪迈地说，这房卖上500万不成问题，我懒得费那劲，不差那二三十万。

章颐敬仰地看着他。她和余七在北京打拼七年，拼命干，拼命攒，积蓄也不过三四十万。

胖子继续抚着肚皮说，我在东边还有两套大的，北边还一四合院……

章颐的目光升级为膜拜。她暗自在心里问胖子，请问那些房子都是您在吃汉堡大赛上一口气吃掉三千多个汉堡赢来的吗？

但就算是吃汉堡赢的，也值得敬仰，不是吗？

对每个拥有自己房子的人，章颐都怀着近乎变态的敬仰，因为他们都实现着她无法企及的梦想。

九年前，从高一就开始早恋的章颐和余七一起到北京上大学，他们像看笑话一样，看着北京的房价从一百万涨到两百万又到了三百万，他们又像说笑话一样，说三百万，真的会有傻瓜愿意拿三百万买那么个水泥做的破玩意儿吗。而这样说着说着，他们自己就变成了笑话，他们太需要那个破玩意儿了，可是那破玩意儿又太高不可攀了。

有天夜里躺在床上，余七会问章颐，非买不可吗？

章颐看着天花板上那盏摇摇欲坠的老灯，想啊想，想到余七已经进入轻睡眠，才说，非买不可。然后她缓慢地陈述那些说过一万遍的理由——免得每个月白掏一大笔房租，免得提心吊胆不知道哪天就被房东轰出家门，免得连换个沙发的权利都没有，免得……

余七的鼾声已经像小曲一样奏了起来。章颐伴着那悠扬的韵律咬牙切齿地继续说，我们有工作，没有北京户口，可没房子，还是活得像条流浪狗，像个无证经营的小贩，像个傍大款的小三，我们必须得跟北京领个证，证明我们已经登堂入室，它不能随随便便一脚把我们踹走，我们可以永远和它在一起，不离不弃生死相依。

余七翻了个身，换了首曲子。章颐轻叹口气，说，可是北京这个大款，上他的床容易，想嫁他却谈何容易，纵使他妻妾成群，纵使你爱他好深。

还是上帝好啊。上帝说，要有光，于是就有了光。而他们说了一万次要有房，却还是没有。

—
3

章颐去看了胖子的房，的确能轻松卖到500万。胖子劝她，其实你可以买下来，倒手就赚30万。

章颐说你打个一折我就买。

胖子大笑着抚肚而去。笑渐不闻声渐消，章颐没来由的有些气恼。但是忽然，她心里猛地一动，像被谁迎面揍了一拳，一个巨大的想法像脓包一样鼓胀起来了：先买下来也不是完全不可能啊！她飞速盘算，她和余七差不多能凑到50万，若能再搞到100万付了首付，再一转手……30万，不小的一笔呢。

同事杜杜打电话让章颐帮忙带午餐，她木然应允，木然去买了两份，木然回到店里，杜杜一看，说不对，我要的不是这家，是前面往右拐再往左拐再往右拐的第三家……算了就这份吧，多少钱？

章颐木然说，100万。

杜杜愣了一下，接着忽地跳起来，一把端起经理阿哲刚冲好的茶作势往章颐头上泼，阿哲大叫着使不得使不得，慌乱地用一杯凉水换下他的龙井。

杜杜说，她肯定是被那胖子下药了。

章颐魂不守舍地说，我没有。

阿哲递过来一块西瓜，章颐很认真地吃了。结果吃完以后，阿哲和杜杜的神色更加凝重。籽呢？杜杜狐疑地问，你的西瓜籽呢？

章颐低头看看，是啊，籽呢？

这个下午，章颐作为疑似精神障碍，被剥夺了人身自由，阿哲让杜杜看住她，不准她外出。章颐多想给余七打个电话啊，但这事没法在店里说，她不能让同事们知道她的阴谋，只能任由那脓包像被灌了氢气一样不断地往嗓子眼拱，拱得她想吐。她狂躁地吃掉了店里所有的西瓜和西瓜籽，葡萄和葡萄籽，直到杜杜拉住她问：你是不是看到想买的房了？

作为共事五年的亲密伙伴，杜杜比亲妈更了解章颐。她知道这个南京美女少年便觅得真爱，现在和她的真爱一起，要钱没有要命两条，人生的全部梦想就是一套房子。所以能让她神魂颠倒的，除了蒙汗药，就是房子。

杜杜是北京姑娘，十五岁那年她妈便如先知般给她备下了一套房，作为钓金龟婿的巨大诱饵，只可惜那房子在十三年里换了二十拨房客，被住得面目全非了也没见有大金龟爬进来。

这两个各有所缺的女人常常彼此奚落又彼此羡慕，男人和房子，是所有成年女人的盔甲和钢刀，少了哪样人生都不算健全。

章颐向杜杜承认她确实想买下一套房，但没说就是胖子那一套，否则杜杜很可能再次把她打入精神病患者的队伍。

—
4

余七斩钉截铁地否定了章颐的宏伟计划，他说，亲爱的，没有100万，只有热干面，来，吃吧。

章颐吃着热干面，脑子里全是100万。要是能在这碗面里吃出一颗钻石该多好，8克拉的就行，她想，或者一小颗猫眼石，一小粒古象牙，都行。

抱着这样的想法，她吃得谨小慎微，每一小截面都细细地用舌头滤过，可惜，连一粒沙子也没收获。

她感到失望，继而失落。

她低下头，无意间看到余七那十个错落有致的脚趾憋屈地排在他的破拖鞋里，心里说不出的难过。曾经她多爱那十个脚趾啊，它们白净有型，纤长疏朗，绝不像其他男人的脚趾那样粗糙丑陋，歪七扭八。所以一到夏天她总迫不及待地让余七穿上露趾的凉鞋，让女人们羡慕，让男人们自卑。

可现在，这些艺术品般的脚趾却被主人随意地装在一双渍得失去原色的旧鞋里，他舍不得花十块钱换双新的。十块，十块钱而已，碰上清仓也许五块都行，可他舍不得。

而令人发指的是，现在明明有了赚到30万的机会，他却不肯动一点心思做一点努力去得到！

章颐抬头看着余七那张平静得没有表情的脸，恨恨地想，你对得起你的脚趾头吗？

紧接着，她开始觉得自己跟那些脚趾头同命相怜。有那么一点委屈，一点不甘，一点怨恨，星星点点地冒了出来。

第二天，章颐又提到了100万。

第三天又提了。

余七始终没有一丝动摇，而章颐也没有。她下定决心，哪怕去借高利贷，也要干成这票大的。

第四天，有两个客户看了那套房子，其中一位有购买意向。章颐有些慌。

第五天，经理和杜杜都出去了，章颐一个人在店里搜索弄高利贷的野路子，正沉浸在万一借到了又还不起被黑社会挖眼掏心抛尸野外的恐怖想象里，一个男人忽然在她耳边说，阿哲在吗？

章颐吓了一哆嗦，仓皇地站起来，警惕地看着来人。对方和煦地笑了，说，别怕，我是阿哲的朋友，是好人。

章颐缓过神来，歉意地说，不好意思，经理出去了。对方说没事，我等等他。然后礼貌地坐了下来。

自然是要聊聊天的。

这男人貌不惊人，看着也年轻，谈吐却豪迈，开口就是成百上千万的买卖。

这就是传说中的土豪吧。章颐想。但她不介意跟土豪多聊几句，她问他，你知道哪里有靠谱的高利贷吗？

你借？干什么用？

看上一套房，想买，现金不够。

要多少？

100万。

借高利贷买房？风险太大了吧。你，要是什么的话，从我这拿。

章颐的小心脏立刻就跳成乒乓球了。她使劲地看着土豪，想准确判断这个出其不意的利好消息的可靠程度。他说可以出钱，但前提是“要是什么的话”，什么是什么？

没等章颐追问，经理和杜杜回来了。经理见到土豪，一张南瓜脸当即笑得全没了分寸，章颐透过那笑容判断，土豪八成是真土豪。

你这店员不错。土豪指着章颐说。

经理却像纠正一个错误似的，含混地说，哦不不，这位名花有主了，我跟你说的是她。他的下巴轻轻地挑向了杜杜。

在两个男人眉来眼去交换看法的几分钟里，章颐渐渐明白，土豪是来相对象的。随即她也猜出，那个“要是什么的话”，翻译过来应该是“要是咱俩有戏的话”。

没戏。章颐默默地给出了答案。她这辈子，从未想过跟余七之外的男人唱任何戏。

—
5

第二天土豪又来店里了。他对章颐说，那100万，你还要不？章颐说要啊。土豪说你哪天要，我随时给你转账。

经理目光炯炯地看着他们。他不能理解这对才认识一天的男女之间到底发生了什么化学反应，他居然要给她100万。

章颐也陷入了巨大的迷茫。她问：你要多少利息？

土豪优雅一笑：无息。

那我不要。章颐节操满满地说。

土豪没有强迫她要。他转而跟经理聊起刚刚过去的苏富比秋拍，说他与一幅心仪已久的油画失之交臂，很痛心。

太可惜了，他说，那幅画我一眼就看上了，特喜欢，你知道我一向相信直觉，我直觉特准。

确实，我最佩服你的直觉。经理的马屁拍得风生水起，当年奥体那套房我们都不看好，就你一眼看中，果断出手，结果三年翻番。

中午大家一起吃饭时，土豪就坐在章颐旁边，他夹了一块胡萝卜放在她的餐盘里，说，昨天你一见我，眼睛瞪那么大，跟小白兔看见大灰狼似的，那样子真是……我从来没见过那么像小白兔的女孩。

章颐不好意思地笑笑，心想这算夸我吗。但她还是很配合地吃了那块胡萝卜，她确实爱吃胡萝卜。

傍晚，在拥挤的456路上，章颐细细盘算，如果赚到那30万，就差不多能在五环买一套小房，就不用再交房租，不用每天劳民伤财地挤456，就可以立刻跟余七结婚，就成了真正的北京人。

可她跟这一切还有100万的差距。

不如就昧着良心借土豪的吧。她劝自己。然后犹犹豫豫地拿出手机，想给土豪发个探路的短信。不想打开一看，土豪已经先发来了。

他说，让我做一只保护小白兔的大灰狼吧。

章颐立刻把手机塞回了包里。

回到家，余七拎着一大包唱片喊她：你看我今天在旧货市场淘到的，有你最爱的玛丽布莱姬哦。然后自顾把唱片放进古老的CD机里，布莱姬的《No More Drama》响起来。

音乐没能驱走章颐的心事。有些欲望一旦涨起来，就难以消灭。章颐环顾这个狭小破旧的出租屋，内心纷乱。就像一群想改变处境的脚趾头，摆脱那双破拖鞋是它们唯一的念头。

于是本来还说得过去的日子，忽然就难以下咽了。

6

那个客户又来店里谈胖子的房，购买意向强烈。章颐觉得没时间了，她给土豪打了电话。她豁出去了，大不了陪他吃两次饭，等转手卖了房，钱还回去，一切就立刻OVER。

但她还是忍不住想到了余七。她该怎么向他解释这100万？怎么交代她和土豪的交情？他会生气吗？

一定会。这笔买卖根本就是不纯洁的。

那么是要余七不生气，还是去赚那不纯洁的三十万？当然，是后者。

土豪来了，胖子也来了。客户和胖子讨价还价，阿哲在一边检查胖子的产权证件。章颐夹杂其间，感觉要被撕裂了。她艰难地把愤怒的余七一次次从心里推开，迎上土豪殷切的目光，准备提出100万的不情之请。

客户和胖子已经谈妥了价格，可阿哲忽然发现，原来那是一套产权不明晰的房子，不能过户。

这样的房子五折也没人敢买。客户气急败坏地走了，章颐听到自己的心扑通一声摔在了地上，血光四溅。

忘了是怎么把土豪打发走的，也忘了怎么挤456回了家，章颐只记得一上楼就看到余七落寞地坐在楼梯口，对她说，我忘带钥匙了，你没忘吧？

她心里一疼，赶紧说，有我呢，你放心。

—
7

元旦的时候，余七的堂弟在南京结婚，章颐和余七回去参加婚礼。所有人见了他们，都会在三句话以内问到：什么时候结婚呐？

他们一路蒙混着打哈哈，说等领证不花钱的时候就结啦。

婚礼头一天，他们去堂弟的新房吃暖房酒。作为职业卖房子梦想买房子的女人，章颐本能地关注新房胜过新娘。她拉着余七在那套簇新又温馨的房子里转了一圈，不由得口水都下来了。高层，精装，三室两厅，南北通透，出门就是地铁，才100万。

如果回南京，我们马上就能买这么一套。余七说。

章颐咽了咽口水，沉默十秒钟后，隆重地说：亲爱的，我们回南京吧。

余七几乎一秒钟都没想，就说，好。

终于，终于做了这个决定。迅速得超乎常理，又缓慢得花了七年。

其实，每一次在北京交房租、赶长途公交、吃路边摊的时候，回南京这三个字都在他们心里盘旋，只是它被北京的光鲜、盛大，以及他们在北京的工作、人脉绑架着，无法挣脱。

这一刻他们不得不承认，北京是高富帅，而他们不是白富美，那座城市给不了他们幸福。

第二天，一参加完堂弟的婚礼，他们就迫不及待去看房了。

这次他们敢去看很好的房子了。比如现在这套，比表弟那套还大一点，也贵一点，但他们正好买得起。

章颐嘟起嘴，说比我那次梦见的别墅还差点。接着又咧嘴大笑：不过这就很好很好啦。

已经偏西的大太阳使劲把光线往屋里塞，晃得余七满面金光。这是新年第一天的阳光，它号召着人们开始崭新的生活。章颐拉起余七的手，打开向北的窗子，使劲地朝外面喊道，再见啦北京，我们分手吧！祝你繁荣昌盛，祝你和白富美们玩得愉快！

也许跟高富帅分手总会令人伤感。但如果投怀送抱死缠烂打却依然无法赢得他，那么离开一定是最好的选择。所以有时候被土豪看中也未必是什么好事，因为他很可能给不了你幸福，却把你从幸福身边拉走。

想想真是后怕呢。

一年后，还是元旦这天，章颐和余七在菜市场买了盐水鸭、肥肠、春卷、酥油烧饼……好大一包了，章颐还觉得不够，她的肚子已经像排球那么大了，胃口也大得吓人。卖烧饼的大妈跟余七打趣说，你老婆吃得比卖肉那个胖子都多。余七摸着章颐的肚子，笑呵呵地说，没准怀着的是六胞胎呢。

满市场的南京话听起来那么顺耳，章颐跟在满载而归的余七身后，觉得生活真美好。

快到家门口的时候，余七回头对章颐说，如果还在北京，我们现在应该正挤在456上往房山赶。

456。房山。北京。章颐忽然觉得它们都好遥远。更遥远的，还有与它们紧密相关的焦灼，煎熬和沮丧。

还好，现在一切都不同了。在又一个新年里，他们又有了崭新的希望。

阿凡灯的新水杯

1

小会议室里乌压压地挤满了等着面试的人，气氛压抑又诡异，有点像高考前的最后一节自习课，每颗心都吊着，揪着，左奔右突着，不知道这次上帝是要派一个大礼包呢，还是开一个大玩笑。

莲花透过厚镜片小角度扫了一遍竞争对手，他们脸上伪装的镇定让她心里愈发绝望。200∶10，胜算太渺茫了。她想，中国搞了这么多年计划生育，怎么还哪儿哪儿都是人呐，连这种巴掌大的小公司招聘都跟皇太后选皇后似的，简直没天理。

都这份儿上了，门口还有个黑得跟霉干菜似的男人闷着头拼命往里边挤。靠门口的人不愿意让，说你不是面试完了吗？霉干菜说，我水杯落里边了。

莲花想起来，刚才这人确实从她身边挤出去过。她看了看霉干菜，又看了看他遗落在桌子上的水杯，两者之间的距离令人绝望。她不禁生出了些同情心，随即又生出了更大的功利心。她站起身，号召靠近水杯的人把那个看塑料杯传过来。一阵小骚乱之后，她拿到了它。

莲花拿着水杯挤出会议室，一边递给霉干菜，一边低声问：刚才面试他们都问你什么了？霉干菜接过水杯，虽然是拿自己的东西，但嘴也软了，老老实实描述了一下刚才面试的经过。

莲花接着问，关于行业前景这个问题怎么回答好呢？其实这个问题已经超出施恩求报的范围了，一个小于五块钱的杯子，值多少信息量？但霉干菜看她一眼，还是很认真地回答了她：刚才这个问题我没答好，其实你可以这么说……

好感这东西太奇妙了。刚才莲花还觉得霉干菜很像霉干菜，这会儿，就在他兢兢业业指导她面试的时候，她忽然发现其实他长得居然有点像吴彦祖，有着古天乐肤色的瘦版吴彦祖。一股奇妙的喜悦自胸口升起，莲花莫名其妙振奋起来。

有个数字霉干菜记不起来了，他拿出手机翻翻翻，翻出一条微博来，递给莲花说，你好好记下这个，一会儿准能用到。

—
2

临场指导发挥了巨大作用，面试十分顺利。莲花怀着感激不尽的心情退出来，想找到霉干菜感谢感谢他，再跟他交流一下面试体会，可是极目四望，早没人影儿了。

五天后，莲花接到录用通知。她兴奋之余，很想问问对方名单里有没有霉干菜，可是她不晓得霉干菜的任何信息。名字？毕业院校？工作经历？全是空白。虽然如果再次遇到，她能从一万个人里面准确地认出他，可是总不能问人家有没有黑瘦版吴彦祖吧？纠结了半天，她很二百五地问：那个，这次录用的人里面，有没有男的啊？对方笑笑，答：有，还不少呢。估计心里的潜台词是，想男人想疯了吧？

报到那天，他们被集中在会议室里等着开会，莲花一个个数着进来的新人。一个两个三个，一直数到十个，没有他。正胸闷，人事处的人忽然说，再等一下，还有两个没到。她心里又升腾起希望，焦急地等，比谁都急。一会儿，迟到的两个也来了，一男一女，男的是个胖子，女的，唉，女的肥瘦都不重要了。

沮丧感甚至淹没了第一天上班的新鲜感。

新公司比预想的要好很多，这让莲花更加觉得欠了霉干菜的。晚上下班，她在小面馆吃饭，鬼使神差要了碗梅菜扣肉面，味道很不错。她一边吃，一边愈发想念那个味道同样很不错的男人。

回到家，习惯性地打开微博，脑子瞬时亮了——那天看了他微博的啊，叫什么来？什么灯？宝莲灯？不对。鬼吹灯？不是不是。越急越想不起来，大脑里一时灯影重重，但没有一盏是伟大光明正确的。好在莲花又想起了他那条微博的内容，是关于行业市场份额的排名，这个她记得很清楚，面试时还现学现卖说了的。她立刻搜了一下那条微博，出来一大片。一个个筛选下来，有了，对，就是这个阿凡灯！

3

莲花立刻关注了那个微博，像在两眼一抹黑的考场上拿到了优秀生传来的小纸条，紧紧攥在手里，心里奏起欢乐的小乐曲。

他的粉丝和关注都不多，微博却不少，有两千多条。最新一条是昨天发的：君子坦荡荡，小人找工作。举头望明月，低头找工作。洛阳亲友如相问，就说我在找工作。少壮不努力，老大找工作。垂死病中惊坐起，明天还得找工作。生当作人杰，死亦找工作。人生自古谁无死，来生继续找工作。众里寻他千百度，蓦然回首，那人正在找工作。

看来他还没有找到工作。莲花想鼓励他一下，又想说句感谢的话，想了半天，觉得人家都不知道自己是什么生物，说啥都感觉怪怪的。犹豫半天，还是闭了嘴。

当晚，她把他的两千条微博从头到尾看了一遍。他转过的很多笑话她也转过，当然，转的不是他的，但那说明他们笑点一致。而他对业内很多问题的见解，显然都比她高明。莲花看得兴致勃勃，到深夜两点还不觉得困，是那种挖到了宝藏的感觉，越挖越觉得有货，越看到货心里越喜乐。

她转了他的两条微博，又发表了几句不成熟的看法，谦逊低调。

第二天一早，她就又开了微博，看有没有他的回复。当然没有。他怎么知道会有人三更半夜转微博，一大早就等回复。不过中午的时候，他又写了微博：终于把那苦命的水杯搞丢了。

莲花笑了，又有些替他心疼。说起来那水杯还蛮珍贵的，它引导她认识了他，又帮她谋到了一份好工作。于是，她留言给他：真是好可惜，不过丢就丢吧，旧的不去新的不来。

—
4

他关注的人不多，看样子多是熟人朋友，一个个都挺有分量。不像莲花，关注一大堆，除了明星就是生活百科、趣事集锦、热门时尚这种烂大街的东西。羞愧之下，她默默取消了些无聊的微博，让自己也显得有点水准。

可惜始终没有互动，不管她转发还是评论，他全当没事发生过。

差不多一个月过去，他在微博里写：新公司在南郊，上班好远。

原来找到工作了。莲花想在评论里恭喜他一下，想想，改成了发私信：祝贺你开始新生活，发了工资咱第一时间买个新水杯哈。

没想到私信的效果这么好，一小时后他就回复了：是杜梅吧？别闹了。你送我的那个水杯丢了我很心疼，但那跟你没关系。

什么情况？莲花一时有点懵了。怪不得他一直对她视而不见，原来把她当成前女友了，而那个水杯，居然是个有故事的水杯。

她郁郁地回复：我不是杜梅。然后默默地把微博头像换成了自己的照片。她想，要是他看见这照片，能想起她来，还愿意搭理她，那最好。否则就自行消失吧，就算有缘无分了。

第二天，莲花收到他的新私信：是你啊。对不起，认错人了。

他居然记得。她好开心，跟他聊了一会儿。终于把那句憋得快长毛了的谢谢说了出去。他说，别客气，那天你一副死到临头的样儿，我也不好见死不救。因为是同行，所以十分有的聊。两人聊到下班，又加聊了一会儿，才各自心满意足地回家去。

—
5

互动渐渐频繁起来，每天刷微博成了莲花生活中最有意义的事。本来刚刚开始新工作，作为新人，总免不了这样那样的烦恼。但是因为有了微博，有了那个味道很对的阿凡灯，她的心情总是以晴好为主。

试用期快结束的时候，领导交代莲花做一个策划案，是个高难度的东西，要的又急，部门里谁都不愿意接，最终落在了她这个没有拒绝权的小新人身上。莲花一直在单位写到夜里十二点，还有大半没完成。为了挽救伤亡殆尽的脑细胞，她在微博上吐了番苦水。

没想到几分钟后，阿凡灯就回了，私信：我还没睡，帮你做吧。

莲花惊喜得直想拍桌子，但也没跟他客气，直接把最复杂的部分移交给他。两人各自奋战，一小时后，一份完美的策划案浑然天成。

已经快到两点了。莲花虽然经常熬夜，但熬夜看电影和熬夜写策划是有本质差别的。她累得几乎神志不清了，强撑着谢过阿凡灯，说，快睡吧。他回复：好，老婆催我好几次了。

莲花心里顿时打了个惊雷，一大片乌云压过来，气压低得快把她眼泪逼出来了。沉默了半晌，她勉强回了句：不好意思。

那边很快发来一个大笑脸：开玩笑呢，我还是光棍，还在单位。

咳呦喂，这半夜三更的，开这种狗血玩笑会死人的！莲花又喜又气，但也不好多说，一语双关地回他说：我也是。又鼓足勇气加了句：多谢帮忙，请你吃个夜宵吧。

半小时后，他在微博里喊她：下来吧，到你楼下了。——他们还没留过电话，连彼此的名字都不知道。但是不要紧，那些都不重要。

莲花欢天喜地奔下楼，优雅地站在他对面说：去吃梅菜面吧。然后和他肩并肩走向不远处的二十四小时面馆。

路上，她问他：你买新水杯了吗？

他说：还没有，你有的话，可以送我一个。

莲花从包里摸出一个骨瓷的白色杯子递给他：别再丢了，很贵的。

他看着杯子上面清秀的一盏小灯和一朵莲花，笑了：他们说送杯子是一辈子的意思。

莲花脸上泛起轻微的红晕，指指前面的面馆说：到了，就是这家。对了，你叫什么名字？

温柔地把你甩掉

1

你要留心嫉妒啊，那是一只绿眼的妖魔。

这是四百年前的莎士比亚对今天的凡香说的。但凡香此刻已经化身一个绿眼妖魔，她留心不了嫉妒，她双目喷火地盯着Daisy微信最新发出的那张大头照，她把那照片放大了又放大，以职业摄影师的精准眼光观测Daisy脖颈上那条银质项链，越看越觉得，跟启明那条无比相像。

他们已经戴上了情侣项链。哦天呐，情侣项链。

凡香攥紧了拳头，也攥紧了心脏，她感到整个人被紧紧网住了，是那种网猪八戒的网，越挣越紧，无缝可逃。

这是近半年来，凡香遭受的第二十七次沉重打击——第一次，是启明站在窗前眺望着一根路灯杆对她说，我们还是分开吧。第二次，是他眺望着另一根路灯杆说，上次讲分手是认真的。第三次，是他拒绝了她共度儿童节的邀请。第四次，她发现有个叫Daisy的美妞频繁在他微博留言。第五次，他没有回复她的短信。第六次，她得知Daisy不仅白、美，还富。第六次，她看到启明穿上了一件黑色纪梵希T恤。第七次，她在Daisy微信看到她穿了同款。第八次……

每次被打击后，凡香都告诉老姐，说我的心好碎。老姐说你一天到晚冲上去让人家剁，能不碎？凡香说我忍不住。老姐无语。凡香又说，因为有时候我冲过去，不是被剁，而是被敷药被治疗。老姐又无语。凡香说至今启明还没正式承认他有了新女友，他还会接我电话跟我聊天，还会穿我给他买的衬衫。老姐擦了把汗说，他只是想剁你剁得温柔点。

凡香不信，她低头看着Daisy那张嘟嘴眯眼摆着剪刀手的恶俗美照，心想，启明是你的，也是我的，但归根到底——还不一定是谁的。

—
2

凡香近期的工作任务是去老城区拍老房子。

她每天背着相机包骑着小摩托穿梭在一条条等着被拆迁的老街老巷，早出晚归——其实并不辛苦，早出只是为了借取朝阳的光，晚归是要夕阳，而每天从上午十点到下午三点间，她都眯在一个又小又老的咖啡馆，发呆晒太阳，实在无聊了还跟咖啡馆的老板娘聊天。人家问她怎么不出去拍片，她说正午的阳光太强，是摄影师的噩梦。然后她还可能睡一会儿，做一个与启明和Daisy有关的噩梦，梦里头，他们俩穿着情侣衫戴着情侣项链倚着路灯杆旁若无人地亲热。

醒来后如果夕阳还没来，她就跟老板娘要来纸笔，写诗。诗的内容通常都是这样的：啊！你看她的脸多白，像卫生纸，她方方的上身，就是一条切得又歪又窄的发糕，啊！我愿做一只小羊，代表你把那发糕吃掉，让她在我肚子里尽情撒娇。

这种大快人心的诗凡香写过很多首，它们帮助她度过了许多委屈孤单妒忌怀念的恶毒夜晚。

除了写诗，还有另一件事让她愉快，就是夕阳落山后，去海鲜市场买两斤欢蹦乱跳的虾，提回家煮了，配一碟姜醋，倒一杯红酒，一个人慢慢地把几十只全吃掉。

凡香说过，世界上她最爱的是启明，第二爱的是大虾，现在第一名隐退了，第二名理应借机上位。至于大虾们是否愿意登上第一名的宝座，就由不得它们了。谁让它们是大虾呢，这世界本来就是弱肉强食赢者通吃，你本事小，就注定被主宰，你的生老病死婚丧嫁娶别人想管管就能管管，想改变就能改变。

有一次吃着吃着凡香哭了，她对那一半还没剥皮的大虾说，对不起，如果你们知道跟一个样样都比你强的女人抢爱人的感受，就不会觉得被煮了吃掉有多悲惨了。

以前凡香和启明一起吃虾时，他常常先剥出一些来，在盘子上摆出各种有美好寓意的造型，端到她跟前说：一点心意，不成敬意，请笑纳。跟学艺术的男人谈恋爱，就是会有这种福利。当然，比那些造型更美好的，是启明的心，一个男人肯花心思取悦你，这无疑令人既感动又感伤——感动是在当时，感伤是在日后。

而当感伤到来时，当年被放大了N倍的虾的美味，又被N倍加N倍地缩小了，小到遍寻不到，味同食草。

有个日本女人说，两个人一起吃的是饭，一个人吃的是饲料。凡香引申了一句，两个人一起过的是生活，一个人过就是生吞活剥。

–
3

有一次凡香也试着用八九只大虾摆出两颗心的造型，可惜那些东西在她手里，总是弯不出适当的弧度，排兵布阵好久，局面总不圆满，但她还是把那两颗瘪瘪瞎瞎的心拍了下来，发给启明，并对他说：曾经它们又美又美味，现在却不美也没味，亲爱的你把我的味觉都带走了。

启明回她：我发功还给你，乖哈，现在吧嗒吧嗒嘴，看回来没。

凡香真的咂吧了两下嘴，味觉回没回来不知道，但笑意回来了。每个被分手的失恋者都是无可救药的小脆弱小敏感小神经，她遭遇了星球大爆炸，整个宇宙仅有一个人留存，那人是她的太阳她的月亮，她的繁星她的银河，他一个眼神，她的天就亮了，他一句话，天又黑了。这大概就是王菲唱的，忽然天亮，忽然天黑，诸如此类。

凭借那句“乖哈”，凡香一举睡到了第二天上午十点。一天的工作时间就浪费了一半。醒来后她想了想，决心去拍夫子胡同。

我们辽阔的祖国大地上可能有成百上千个夫子胡同，但对凡香来说，所有其他的加起来也没有东四桥那个重要，因为启明是在那里长大的。

在他们恋爱谈得如火如荼时，启明带她去过。是一条干净而悠长的老巷，窄得只能容两三个人并肩走路，两辆自行车迎头遇上的话，需要双方都停下来，脚蹬和车轮互相蹭着挤过去。启明说所以住在这的人，想不熟识都不行。他说小时候十几个伙伴比赛从巷东跑到巷西，他永远第一名，因为他爆发力超强，然后跑起来故意东倒西歪，一个人就占满了整条路，别人再快也别想超过去。他说巷子口那户人家，以前放了个梯子在墙边，他常常趁人不注意就爬上去，蹿到房顶，又蹿上另一家房顶，像飞檐走壁的黄飞鸿。

这条胡同是凡香本次拍摄任务之一，但她一直没有鼓足故地重游的勇气，要不是昨天那句“乖哈”，她大概就不会来了。

正午过后，凡香到了。不出所料，一走进胡同口，好多个启明就扑面而来。在巷子里奔跑笑闹的启明，在房顶上飞檐走壁的启明，和她坐在某家门口小石凳上追忆童年的启明，还有，在未来某日带着某白富美再来把那些故事讲一遍的启明。

也许世界本来就是轮转的，人或者物，不断易主才是常态。就像启明家的老房子，卖给了一户人家，又卖给另一户人家。就像他自己，从一个女人那里转移到了另一个女人那里，或许还会转到第三个女人那里，而凡香盼望着，他最终会回到第一个女人这里。

饶是已经分手半年之久，凡香却从未觉得启明离她远过。

凡香有个女同事，星期二还张罗着看房子选婚纱摄影店，星期四未婚夫忽然就单方面宣布分手，之前所有承诺全部撤单，然后电话不接短信不回，她找上门还挨了一巴掌揍，于是情人瞬间变敌人，所有过往的甜蜜转眼间都腐败成了仇恨。

在凡香的认知里，像这样一拍两散恩断义绝从此老死不相往来，才是情侣分手的常态。但她和启明偏偏不一样，他们之间，保留了一些隐秘的温情，比如凡香毫无意义的短信，十次有八次启明会回她，凡香哪怕夜里三点鬼呼叫，启明也毫无怨言地陪她聊，不但听她诉苦，也向她诉苦，语气与情绪和分手前并无二致，甚至有朋友送他美国坚果，他还特地快递给凡香一半……总之，虽然启明在没有公开的事实上屡屡重挫凡香，但许多蛛丝马迹表明，这是一次留有余地的分手，启明还没有在旧爱新欢间做出最后抉择，至少，他对凡香余情未了。

所以，凡香心里依稀还有些光亮，那光亮诱使她下定决心不怕牺牲排除万难去争取胜利。

她拍了许多夫子胡同的照片，晚上打包发给启明，还配了首诗，曰：巷子还那么窄，旧木门老石凳都在，燕子念旧归来，桃花红火火盛开，那年的少年那年的爱，是否早就更改？

启明回复说，好久没去夫子胡同，看了照片还真怀念。凡香说我明天还去，一起吧。启明犹豫了一会儿说，好。

—
4

人不可能两次踏入同一条河流，人也不可能两次走进同一条胡同。上次凡香和启明来，是并肩携手，这一次却变成了一前一后。但一前一后也是两个一起的对吧，所以凡香心里还是鼓胀着说不出的踏实喜悦。

胡同里有个永远坐在门口喝茶晒太阳的老人，大概也是这里唯一一位还记得启明的人，两人走过时，老爷爷眯起老眼，极平静平常地说：带女朋友回来了啊？语气就像问每天见面的隔壁邻居，吃了啊？这是汉语里一个最常用又最特别的句式，它带着个问号，却是个肯定句，它不需要回答，就算没吃你也点点头就好。就像写字楼里的人说“你好”，你不能诚实作答“我不好”。

所以启明也只是象征性地点点头嗯啊一声，带领凡香继续走。凡香却有些小激动，她跳上前夸张地侧过头看启明的表情。他没表情。她便放话挑他：这次算带女朋友看故居？他笑着瞪她一眼：严谨点说，是带前女友看旧居。

凡香臊眉耷眼地找了块树荫坐下，启明隔着半米也坐下。半天，都没话。凡香拼命找，终于找出一句：这胡同真安静。

启明说，跟我记忆里不一样，我小时候总觉得这地方又吵又闹，东家做饭，西家打孩子，院子里狗咬，房顶上鸟叫……现在每次回来，都不知道是胡同变了，还是我记错了。

都变了吧。

也许。但我还是常常想念这里。

你带她回来过吗？

谁？

Daisy。

没有。以后可能会。

你们进行到哪一步了？

我见过她家人了。

哦。

凡香喉咙里一哽，后面的话卡住了。她本来想加开半个玩笑，说你们比我们进行得快多了。但这个笑话太令人心酸，她怕说出来声音会抖。

我们是在咱俩分手以后认识的。启明解释。

我知道。你们在道德程序上完全清白，就是，比我预想的，快了一点。你知道，我还一直，始终，从来都……

嗯。我也觉得挺亏欠你的。

泪水在凡香眼里蓄起来，一眨眼就满了，再一眨眼就掉了下来，好大两滴。

启明手忙脚乱在包里摸纸巾，凡香按住他，笑出一个难看又悲伤的可笑的笑，说，你说这些老房子有没有感情，如果有的话，被主人卖掉时它会不会伤心？会不会眼巴巴盼望旧主人有朝一日再将它买回去？它会不会怀念过去的好时光？

其实主人也会怀念那些时光，启明说，但既然他选择了离开这房子，就说明它已经不再适合他，他再怀念也只是怀念，再常回来看也不可能重新把它买回来，再有良心的主人，也不会为了一段时光而永远守着一栋房子。而且，这房子总归会迎来它新主人，他们会共享新的好时光。

所以搬走了就绝对不会搬回来？

不会。否则何必离开。

所以你分手后还会见我，也只是因为怀念旧居的良心？

凡香，我认真想过，我不爱你了，但并不恨你，我希望能用最温和的方式离开，给你最小的伤害。我不想像别人那样用决绝暴烈的方式分手，就像离开一栋房子，就算要走了也应该保护好它的墙角屋檐花草院墙不是吗？何必摧毁它，怎么忍心摧毁它？

但我不是房子，我会悲伤，会不甘，会纠缠。

我带来的悲伤，我愿意尽最大努力为你缓解。我不怕你纠缠，因为如果你还忍不住纠缠，就说明我给你的悲伤还太多，我有义务为你缓冲镇痛。

我以为是你心里还残留着那么一点点爱。

不是爱，是良心。

5

Daisy的微博上晒出了两只手，它们满怀感情地紧紧相握，生怕有人插进一指似的。

同一天，凡香收到启明快递来的一对小音箱，很萌的土拨鼠造型。

Daisy又晒了一张大虾拼图，和凡香两年前某次见过的造型一模一样。

他可真没创意。凡香有些鄙夷，又莫名觉得欣慰。

也许每个男人都只有那么点取悦女人的花招，遇到再心仪的对象，也是那几句情话，那几个昵称，那几手绝活。凡香想，启明拥抱Daisy的力度，不会比抱她更大，他亲吻Daisy的表情，也不会比吻她更沉迷。所以，她不算太亏。

她一度很想在那张翻版大虾图下留个言，比如“好熟悉”或者“就不能换个创意嘛”，想了想，忍住了，人家待她不薄，还是别平白无故去添乱了。

《我知道你会来,所以我等》

看了沈从文，才知道原来写爱情的境界是谁也没说。

内容简介

我一辈子走过许多地方的路，行过许多地方的桥，看过许多次数的云，喝过许多种类的酒，却只爱过一个正当最好年龄的人。

《人间草木》

20世纪以来备受国人推崇的生活家。顾城，冯唐，鹦鹉史航盛赞。看花鸟看虫鱼，看的都是人生。谈食物谈故人，谈的都是情怀。

内容简介

看花鸟看虫鱼，看的都是人生。
谈食物谈故人，谈的都是情怀。
平平淡淡的文字里面，流淌着一种叫做生活的东西，最简单也最深刻。

《初心》

张晓风作品集：如果没有经历过一些人和事，怎能理解“初”这个字。

内容简介

如果不面临“失去”的惶恐，不像遭剥皮一般被活活剥下什么东西，也不会懔悟“曾经拥有的喜悦”。
每个人只有找到生命的价值和意义，如此才可以“享受”上帝创造的生命，而不是每天“忍受”生活。

《认得清自己,付得起代价》

张德芬推荐：忘却痛苦，迎接更痛苦；记得美好，迎接更美好。

内容简介

为你的挣扎客观理性地究根究底。
陪伴你寻找成长与改变的可能和契机、找寻生命中的幸福与美好。

《仅记住所有快乐》

时间赠人阅历，世事尽可原谅。别怕，一切焦虑，所有问题，都会过去。此一时都由彼一时造就。人生原无答案，不如，仅记住所有快乐。

内容简介

你该走什么路，遇见什么人，过什么样的生活，冥冥中自有天注定，所有此一时都由彼一时造就。别怕，一切焦虑，所有问题，都会在未来十年过去。

《对于自己,你还是个陌生人》

你也想努力奋斗，却不知道自己喜欢什么，适合什么。
心理咨询师为你解读你自己。

内容简介

你想找到适合的人却总是遇人不淑爱错人；你想把生活过得游刃有余却找不对努力的方向；你想跟上这个求快求变的社会却常常焦虑不安；你想要做更好的自己但不喜欢不完美的自己；你已经够努力了，却离理想中的生活差很远。
就是因为你不认识自己啊。
这一生，没有比认识自己更为重要的事了。
看得清自己，就是改变的开始。

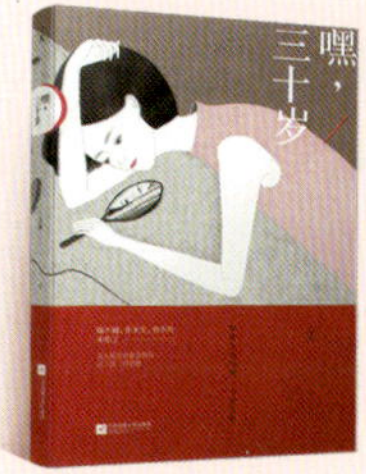

《嘿，三十岁》

别怕。三十岁后你甚至会更美。别慌。这有可实现的理想未来。
向着光亮那方。

内容简介

这绝不是个讨好的年纪——三十岁，尤其当它发生在女人身上。
对的问题上，问自己的心：我到底在怕什么。长日终尽时，能把自己的一颗心拥在怀里。终于，明白做自己的含义。
去过你自己的生活。或者好，或者坏。那总是你自己的选择。嫁不嫁，生不生，升不升，不怕了。
没关系，女人的悲欢都是阶段。过了站，一切消散。

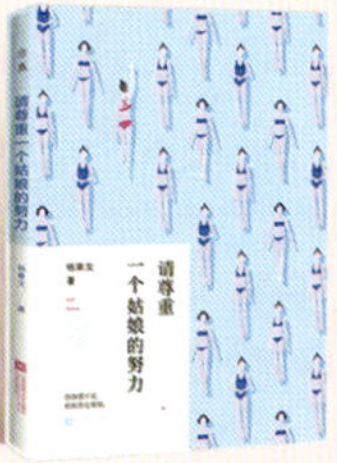

《请尊重一个姑娘的努力》

你困惑不安，但你坚定勇敢。
独立女生的励志手册：一个姑娘用努力去证明自己掌控人生的能力。

内容简介

一个姑娘要不要在年轻时努力一把，为了不变成自己讨厌的那种人？如果努力后，依然只能过普通生活：上班下班，嫁为人妇，相夫教子，你是否还有勇气去闯荡？在《请尊重一个姑娘的努力》里，女孩杨熹文以自己的经历给予了答案。努力不是为了与众不同，而是在平凡的生活里拥有掌控力。

精品图书

《贪心的女人更好命》

十二，百万畅销女性治愈书《不畏将来 不念过去》作家十二，用如水的东方智慧，平衡自我、家庭、事业。

去做那个有故事，逆生长的资深美人。

十二的读者，她们中，有人在向50万年薪冲刺，穿高跟鞋也穿跑鞋，喝茶也喝酒，只愿嫁给爱情；有人抛弃父母所谓的“正确人生”，离开围城，离开家乡，奔向远方；有人牺牲了事业，用爱抚育，是妈妈，也是更完整更智慧的女人；有人结束了一段婚姻，宛若新生，感受到爱自己才是一切的源泉。

她们即使曾经掉在了生活的泥沼里，但都终究有力量把自己从泥沼里拔出来，继续美丽生长。

《人生没有白走的路，每一步都算数》

杨熹文，野路数的奋进少女。泡面里吃出了梦想，二手车里开出了信念。

《人生没有白走的路，每一步都算数》，是杨熹文继《请尊重一个姑娘的努力》后，完成的第二本励志随笔集。

记录了作者旅居新西兰四年的奋斗之旅、成长的智慧。

四年闯荡，从一无所有到浑身故事，只为告诉你：去做自己喜欢的事，不要怕走得慢，没有任何人的进步是可以在短时间内发生的。

个性自媒体平台

（扫二维码带你飞）

江湖人称艾掌门

扫码关注

戳穿、陪伴、掌灯、壮胆、提气、解恨，专业治疗各种拧巴人、怂妹子，360度紧致提拉你的人生姿态。

作家艾明雅创立的反骨少女联盟，不听话女性集中营。鼓励你用自己喜欢的姿势爽一生。

美亚，人称亚姐，亚洲小姐的亚，亚洲小姐的姐（拒绝反驳）。做过电视、出版、生在江苏、漂过北京、在广东吃圆，定居香港。专栏作家，《南都周刊》特约撰稿人，专约难缠顶尖大咖。驻港公号狗，拥有双份熊孩子套餐。特长：头发、废话。爱好：管老公打娃。
给你一斤心灵硫酸，撕的你心服口的，资深已婚育少女。
一个女人，如何放心地老去？美亚给你答案。

美亚在港村

扫码关注

颜　辞

扫码关注

颜酱，一个想做什么马上就去做的执行狂魔，一个把赚钱视作年轻人最大修行的资深美少女。擅长做贴心正能量闺蜜，送你温暖治愈鸡汤，也给你鲜香热辣方法，让你进可女王霸气侧漏，退能公主可爱娇羞。光阴很短，如何才能得到更多爱，如何才能赚更多钱，如何才能遇见你更好的样子，颜酱愿意向你娓娓道来。

—
6

凡香最后承认了那个道理：并不是所有的分手都像吃爆米花一样嘎嘣脆，有一些善良的男人会念及旧情，耐心地给你留出足够的缓冲期，但别以为那代表希望未泯，他们只是怀有一颗不忍摧毁旧居的良心。

而老姐说，一个男人在坚定地跟你分手之后，还顾及你的喜怒哀乐，还愿意帮你清扫垃圾敷药疗伤，这实在难得，你是积了大德才遇到他。

后来凡香在给小表妹传授恋爱经时，真诚地说，呐，找男人呢，就该找那种就算甩你也不会把你甩太疼的男人，如此你才不必害怕有朝一日遭遇横斩立切，才不会被一个坏男人毁了三观。

表妹眨巴着呆萌的大眼睛问：可我怎么知道他是不是这样的男人？

凡香露出一个情感专家的微笑，意味深长地说：很简单，和他一起去看他住过的老房子，或者读过书的学校，要是他两眼一抹黑什么也想不起什么都不留恋，此为绝情浪子无疑。反之，若他还愿意坐下来，深情款款地忆往昔峥嵘岁月，说明此男还有大大的良心在。

良心可不是开玩笑的小事，她叮嘱小表妹，他今日怎么对待旧居，明日就可能会怎么对待你。

爱情在戏里，人生在戏外

罗宇自己都没想到他会有今天，在电视台这种杀人不见血的地方，他居然华丽丽地绽放了。

本来他是在市购物频道做导购主持人的，因为卖得好，被省台挖去继续做导购主持人，还因为卖得好，又被市台挖了回去。这次他成了真正的主持人，负责一档插科打诨嬉笑怒骂的日播新闻节目。罗宇在那里把他的油嘴滑舌发挥到了极致，所以这节目十分好看，好看到才做了俩月，收视率就冲进了全台前三。

人生就是一好百好。你一盛开，好事自来。别的不说，罗宇再也不发愁找对象了。

且不说台里的小美女接二连三地表示好感，连去超市买鸭蛋都有粉丝凑上来合影，还有，台长都给他做了两次媒了。

最妙的是，上周节目一播完，阿朱忽然发来短信，说有空坐坐吧。

“有空坐坐”这四个平静的字，让罗宇彻底失去了平静，并失眠了四个小时。它比台长的赞美，比粉丝的拥戴，比台里任何美女的赞许目光都更令他澎湃纷乱，浮想联翩。

那是阿朱说的啊。

这个失眠夜，罗宇混乱地盘点了他和阿朱的过往，从八年前一起考入艺术学院，到两年前彻底断了联络，六年间的一幕幕，想起来还真是可歌可泣。

一

1

当年，他和阿朱是表演专业里最出彩的两个新生，第一节课，就被老师选中分饰罗密欧和朱丽叶，碰巧罗宇姓罗，阿朱姓朱，老师边看他们演边惊叹：哎呀，天作之合啊。

阿朱来自表演世家，是天生的演员，又美又会演又有灵气，人人都爱看她。罗宇当然也爱。那年碰巧有个导演系的富二代心血来潮，在省剧院包了场子，每周一下午演他导的剧，才投身演艺事业不到一百天的罗宇和阿朱，非常走运地被选中出演《罗密欧与朱丽叶》。

罗宇幸福死了。虽然他们的演出不卖票，观众大部分是出来遛弯、听说可以免费看戏而临时进来看热闹的老太太，但在省剧院的舞台上演出，那是他们专业所有同学的梦想啊。更何况，还有那么好的阿朱，每天晃着水汪汪的大眼睛，深情地对着他说：“在你没有要求以前，我已经把我的爱给了你了。可是我倒愿意重新给你。”“我把我的整个命运交托给你，把你当作我的主人，跟随你到天涯海角”……这些话，他百听不厌，即便是在戏里。

在相当长一段时间里，罗宇每天和阿朱出双入对。但他们的进展并没像罗密欧和朱丽叶那么快，两个小时就噔唧噔唧地完成了从相识到结婚，从生到死。

阿朱太小心，罗宇猜不透。她分明是愿意跟他在一起，却又分明在回避真正跟他在一起。他们之间，仿佛隔着一层铁做的窗户纸，罗宇捅不破。

他的生日趴，她宁可窝在宿舍看美剧，也要失他的约。可是富二代要换男主角，她又死命为他抗争，说换了罗宇我也不上了。

情盲罗宇想不通这是为什么。

等他挣扎着想通，世界早是另一番样子了。

—
2

演了好几个月《罗密欧与朱丽叶》，富二代腻了，改排《哈姆雷特》。这次罗宇根本没上榜单，还是领衔奥菲利亚的阿朱以退出相逼，富二代才勉为其难地把哈姆雷特给了罗宇。

这件事是被提名演皇叔那个同学告诉罗宇的，他讲得绘声绘色：阿朱一看名单，特激动，说哈姆雷特必须是罗宇，别人谁都不行。

富二代也急了，说你跟他什么关系啊，这么抬举他。阿朱说你管那么多，我就爱跟他演。富二代说，你是爱跟他演啊，还是爱他啊？阿朱就哭了，摔了台词本想走。富二代赶紧拉住她，说，得，依你。

富二代喜欢阿朱，大家都看得出来。罗宇自然也清楚。他为阿朱立场鲜明地站在自己这边而感动不已。

当晚，罗宇请阿朱在校门口的小酒吧里喝酒，喝得极尽兴，双双烂醉。

从酒吧出来，他们晃晃荡荡走到小广场，不知怎么，就演上了。

罗宇已经站立不稳，但台词依然一字不差：姑娘，凭着这一轮皎洁的月亮，它的银光涂染着这些果树的梢端，我发誓——

阿朱马上接：啊！不要指着月亮起誓，它是变化无常的，每个月都有盈亏圆缺，你要是指着它起誓，也许你的爱情也会像它一样无常。

那么我指着什么起誓呢？

不用起誓吧。或者要是你愿意，就凭着你优美的自身起誓，那是我所崇拜的偶像，我一定会相信你的……

这是《罗密欧与朱丽叶》里他们练习和表演过无数次的一段。说到这，罗宇忽然抛开剧本，开始自由发挥：朱丽叶，你知道罗密欧爱着你，一定是知道，可是你为什么不许他靠近？

阿朱呆住了，大眼睛里泛着晶晶莹莹的光。

罗宇继续说：朱丽叶，我看不懂你，我难过死了，你说我们之间，到底隔着什么呢？

阿朱的泪下来了。你这个罗密欧啊，她说，你是一个陷阱，我差点就上了你的当，好吧，今晚我就去上你的当，就跳进你的陷阱里，沉迷。

然后她抱住罗宇，吻了他。

那晚他们坐在小广场上，紧紧靠着，说了很多很多话。

罗宇说，第一次跟你对戏的时候我手一直抖，你一看我，我就觉得魂化了，骨头散了，呼地一下，全蒸发在空气里，你真有那样的力量。那天我还去灵源寺许愿，求老天把你给我。

阿朱说，你知道我花了多少力气抗拒你吗，你的力量比我还大，让我情不自禁想跟你走，你让我害怕。

怕什么?

怕现实会把爱情打碎。

傻话。

这个动人的春夜，微风都带着香气，罗宇仰头看着满天繁星，想，星星再多，多不过我的喜悦。

那的确是罗宇人生中最美妙的一个日子。如果要在他的青春里选一个纪念日的话，他毫无疑问会选那一天。

他和阿朱总共在一起了三天。这是第一天。

3

第二天，他们牵着手去排练。富二代看见了，情绪很差，不断找茬，不停地改罗宇的戏，挑剔他的语调，动作，走位。罗宇心知肚明，忍了。

那天排练完，富二代请他们去喝酒，去的是一个高大上的会所，还请了省话剧团的副团长和一位演员。

一样是喝酒，但氛围和头天在校门口的小酒馆有天壤之别。

富二代熟稔地跟团长聊天，聊当今话剧的现状，聊他老爸赞助的文化产业。

罗宇感到拘谨。他根本不知道省团去保利剧院演出的赞助商，也不知道文化局刚刚出台的新政策，他连怎么吃掉盘子里的两块Kingfish都不知道。

一起去的同学都有同样的拘谨。阿朱稍好些，因为富二代体贴地关照着她，把最好吃的鱼片放在她跟前，又一再跟团长大赞："在我们学校，阿朱绝对是一枝独秀，演朱丽叶，把罗密欧都演没了，全场光能看见她。"

团长笑着说，我看过，确实很好。富二代说，有机会您让她去团里串个戏吧，保证靠谱。团长说好啊，我们也需要充实新人。

阿朱马上懂事地起身跟团长碰杯，笑靥如花地说，那就拜托您啦。

罗宇转头看阿朱，她笑得真甜啊，甜得他心里一阵阵地翻腾。

更让他翻腾的是，富二代接着走过来跟阿朱喝酒，一只手大大方方地落在她的腰上，目光放荡。而阿朱非但不躲闪，还一脸娇媚地迎合着他，巧笑倩兮，美目盼兮。

她对罗宇，都没做出过那样的姿态。

罗宇在那一刻，隐隐知道了他和阿朱之间隔着的是什么。原来真的有一些东西，别人可以给她，而他不能。

他为自己的无能而恼火，这恼火直接烧掉了他和阿朱刚刚生发的爱情。

在他们相爱的第三天，也是最后一天，《哈姆雷特》的排练继续进行。排的是第三幕第一场，罗宇有大段的独白，第一句就是那句著名的：To be or not to be,that is a question.

他刚把这句说出来，富二代忽然在旁边说：土鳖啊老土鳖，穷死了还想开汽车。

众人哄笑。也许他们都只觉得富二代是单纯地拿那句台词搞笑，而罗宇却敏锐地感受到了讥讽。他下意识地看向阿朱，她居然也跟着笑，还边笑边看他。

他顿感屈辱，继而愤怒。一团火从他的后脖颈升起，嗖地蹿进脑子，炸开，所有的理智都瞬间灰飞烟灭。

罗宇跳到富二代跟前，揪住他的领子吼：你说谁土鳖？

富二代始料未及，但自幼的骄纵让他习惯了顶风作案，几乎是脱口而出：说你啊！

罗宇二话不说，挥拳砸在富二代脸上，凶狠暴烈，一拳见血。

等众人意识到事态严重，围过来制止时，富二代的脸已经被捶红成一朵极难看的花。

这顿老拳产生了三个后果，第一是罗宇退出了演出，第二是被记大过一次，第三，是把阿朱打进了富二代的怀抱。

最后一个结果是罗宇无论如何没想到的。他潜意识里本是要把情敌打跑，却不想阿朱怀着对他的失望和对富二代的同情，轻易地投敌了。

年轻的男生总会犯这种南辕北辙的错，明明是想保护，却伤害了，明明是要握紧，却捏碎了。

那天以后，罗宇就过上了非人的生活。

大二，他申请转到了比表演冷门许多的播音主持专业。

得到批准那天，他给阿朱打了个电话，说我得离你远远的，不然真活不下去了。

阿朱说对不起，是我的错。

罗宇沉默。他很久很久没听过阿朱说话了。

停了很久，阿朱忽然说，你知道，我爸妈都是话剧演员，谁都说他们是天造地设的一对。可只有我知道，我妈多后悔嫁给了我爸，她一辈子都在苦闷，一边看着那些才貌都不如她的同事因为嫁给了导演、团领导而一个个超过了她，一边担心着我爸被搭戏那些漂亮女演员诱惑……从我记事儿，她说过一万次“演员不能找演员”，我好怕一不小心成了下一个她……

我不敢爱你。阿朱最后说。

—
4

那以后，阿朱始终极力保持着跟罗宇的距离，像狐狸躲避着猎人的陷阱。

后来阿朱跟富二代分手了，又跟另一个富二代好了。

追不上她的男生和嫉妒她的女生都站在道德的至高点上谴责她，说她虚荣，势利，心机重。

罗宇也觉得她太现实太冷静了。她居然能把感情运用得那么自如，那是怎么做到的呢？

而他恰恰缺少她的冷静。所以八年过去，他依然很爱她，她好也好，坏也好，被追捧也好，被唾弃也好，他始终是爱她，满心满怀地爱着。

这让他很难再投身新的感情。每次痛下决心重开一局，都因为心不在焉而草草结束，伤人伤己。

有一次，他的节目里请了个情感专家，他私底下给她讲了自己和阿朱的事。

专家说，你们俩，反了。一般感情里是女人痴心盲目，男人冷静理智，到你这儿，你成傻妞了，这样不好，你得把自己弄出来，赶紧想办法，翻篇儿。

是，我得翻篇儿。罗宇郑重接受。

可是话才说了没几天，阿朱短信一来，罗宇立刻启动傻妞模式，神智又涣散了。

他一天都不能等。阿朱一说有空坐坐，他第二天就全空出来了。

阿朱已经是省剧团的台柱子。当晚正好有演出，她给罗宇在前排留个座。

演的是一出农村爱情剧。阿朱穿着小红袄一出场，罗宇就笑了。可她一开口，说了句“这么多年了，他一定早不爱我了”，罗宇又哭了。真哭了，眼泪刷拉拉地落下来，他自己都觉得猝不及防。

不到三个小时的戏，罗宇哭了五次。直到阿朱谢幕，他才缓过神来，站起身，和观众一起为她鼓掌，她真是很棒，天生的戏坯子。

阿朱请罗宇和整场戏的演职员一起吃夜宵。她向大家介绍他：我大学同学，著名主持人——

立刻有人接：呦，这不是罗宇嘛。

阿朱得意地大笑，拍着罗宇的肩说，看嘛，你多红。

一行人推杯换盏，阿朱喝多了，手舞足蹈地跟众人称兄道弟，侃股票，侃政治，侃戏剧。

等她终于侃到罗宇，侃到他们的大学生活，罗宇也醉得差不多了。

阿朱说，那时候刚学表演，我们就敢在咱剧院演罗密欧与朱丽叶，他后来虽然改专业了，但落一毛病，一喝酒就演罗密欧，逮谁跟谁演，逮哪儿在哪儿演。

罗宇十分配合地站起来，挥着手，情绪饱满地开始了：姑娘，凭着这一轮皎洁的月亮，它的银光涂染着这些果树的末端……呃，末梢，呃不对，梢端……

众人大笑，正准备接下去的阿朱更是笑得直不起腰：哈哈哈你可不是当年的罗密欧喽。

罗宇颓然坐下，认真地说，我记不清词儿了，但我还是那个罗密欧。倒是你，你不是那个朱丽叶了。

阿朱大声反驳：谁说的，我就是那个朱丽叶，我从没变过。

是吗？还是吗？罗宇又不懂了。他每次一到阿朱跟前，智商就下降得厉害。

但这次他没有纳闷很久。

酒足饭饱，阿朱打了个电话，让对方派司机来接她。

罗宇一听那语气，就明白了八分。果然，挂了电话，阿朱转头告诉他：我要结婚了。

罗宇心里一沉，好半天，才点点头说，好，准了。

阿朱轻笑，你挺好的吧？

罗宇说，挺好，就是，不太会谈恋爱，你老挡在那儿。

阿朱停住笑，眼睛看着手指，像自言自语：你把我扫一边去吧，就像我扫你那样，实在舍不得扔，塞地下室就行了，别挡道。

我尽量。

阿朱忽然伸过手，轻轻攥了下罗宇的手腕，又缓缓缩回去：其实我也没把你清走呢，你总是，总是……

她说不下去，长舒了口气，才继续：我都不敢说，一说就难受。

但是，你得相信我，不在一起是对的，罗密欧和朱丽叶在一起，能有什么好下场？殉情么，不得好死么，我觉得不该那样，要是朱丽叶早知道会是那样的结局，她一定不会答应罗密欧的追求。当然，她不会知道，她才13岁。可我们都26岁了，不该再犯那样的错。

罗宇心里酸得要命。她果然还是当年那个阿朱，一点没变。

阿朱的车来了，她起身说，送你吧。

罗宇摇头：我近，走回去就行了，顺便清醒清醒。

嗯，清醒清醒。阿朱说。

翻篇儿。

对，翻篇儿。

阿朱坐上那辆宝马X5绝尘而去。罗宇一个人慢慢往回走，路上，一对卖水果的老夫妻在有气无力地争吵。老妻埋怨老夫少算了买梨的人三块钱。老夫说，你都说了八百遍了，还不累?

生活就是这么现实。罗宇叹了口气。忽然想起阿朱说过，如果你不早早接受生活的现实，就一定会早早面对它的残酷。

也许她是对的。只是她看透得实在太早了，知道山那边有悬崖，在山脚下就止步了，没有莽撞懵懂的探寻，没有冲动盲目的放纵，纵然安全，却错过了多少好风景。

真正有趣的人生，该是稍微有点任性的吧，该是一路策马奔腾，纵情欢歌，然后正好在悬崖边上停住脚，不早一步，也不晚一步。

活的就是这个有惊无险。

那年，路过一场高大上的爱情

1. 事儿闹大了

灵妹战战兢兢地走进荷马大厦，荷马企宣小杜战战兢兢地领着她去副总王禹那里，完成一个要人命的任务——给即将到来的荷马二十周年庆典设计吉祥物。

灵妹的公司早在两个月前就跟荷马签了这次庆典的所有设计，这是笔大买卖，成了就是整个公司半年的收入，老板无比重视，把任务交给灵妹的时候，他几乎是眼含热泪地对她说：要么干好，要么走人。灵妹被委以如此重任，内心比荆轲刺秦王还悲壮，拼了小命去做。好几次忙活到深夜，整座老房子里只剩天花板上的老蜘蛛陪着她。

前期还算顺利，展台、背景板之类的返工两次就通过了，最后就剩下这个吉祥物，对方提了一卡车要求，她屡屡交稿，屡屡被打回来。评语先是“什么东西？”接着变成“什么东西！”最后这次是“这什么破玩意儿？！”那几个标点符号像大山似的压在灵妹身上，让她整个人沉重得走不动路。

眼看庆典就要到了，荷马做了个异常冷酷的决定：换公司做。昨天小杜歉意地通知灵妹的时候，可怜的灵妹只觉得眼前一黑，手机啪嗒一下掉在地上，电池都摔出来了。想着自己卷铺盖走人的苦逼场景，她哭都找不着调了。捡起手机重新装好，她哆哆嗦嗦地打回去，哀求小杜无论如何再给她最后一次重新做图的机会。小杜动了恻隐之心，说这样吧，你直接跟我们部长交流一下。结果小杜请示了部长之后，部长说他也做不了主，这个还得分管副总王禹定。然后事儿就闹大了，变成了灵妹和王禹直接对话。

2. 神笔马良来了

灵妹从来没有接触过这么高的高层，王禹，那是神话中的人物，老板都跟他说不上话的。

走进副总办公室的时候，灵妹腿有点软，手心有点冒汗。她想看看小杜壮胆，可是小杜也是一脸慌乱。王禹打开灵妹做的最后一版吉祥物方案，诚恳而迷惑地问：请问你了解过我们公司吗？我们的文化象征是河马，可是这明明是一头猪。灵妹赶紧说：河马我也做过，可是你们说太丑了。她边说边打开自己的笔记本电脑，把之前做的资料给王禹看。王禹看了看，说：不是丑的问题，是太古板，我们要的是吉祥物，不是板着脸的祖宗。灵妹又翻出一版方案说：开始是这个喜庆的，但是你们说这个不严肃，不符合公司严谨认真的气质。王禹端详了一会儿：嘴斜眼歪，一副心术不正的样子。灵妹又拿出一版：还有这个，他们说表情太英勇了，跟要就义似的，不要这么主旋律的东西。

王禹撇撇嘴角，看样子想乐又忍住了：这版倒还有那么点意思，你能不能让它表情放松点？行啊。灵妹坐下来，三下五除二把一头准备就义的河马改成了刚相完亲的样子。

好多了，王禹点头，能不能增加点现代感？灵妹想了想，画了副墨镜架在河马头顶。王禹又说：嘴张这么大挺傻的，让它闭上。灵妹解释：王总，咱这个吉祥物是要做成衣服真人扮演的，我们得给人留出点露眼睛的地方，您要觉得别扭，我改小点。然后她娴熟地把河马从大笑改成了微笑。

王禹也微笑了：行，就这样吧。

灵妹被这一声“行”感动得眼泛泪花，她偷偷抹了抹眼角，收拾电脑准备走人。不料王禹喊住了她，说：神笔马良，时间不早了，我请你吃个便餐吧。

3. 屌丝也能经天纬地一次

这世界风云莫测，有时候你真不知道哪块云彩下雨。灵妹万万没想到，自己在王禹办公室的背水一战，不仅保住了工作，还赢得了高富帅王禹的好感。

在进行那顿意义非凡的午餐时，王禹要拜她做老师，让她教他些电脑绘画的基本技巧。

于是灵妹后来就第二次、第三次、第N次地出现在了荷马公司的副总办公室。再后来，她和王禹又一起共进了很多次午餐、晚餐，终于，又共进了早餐。

灵妹从未想过自己有生之年能干出什么经天纬地的事儿，但这次她可真做到了。她跟王禹谈恋爱这件事惊掉了公司所有人的下巴，每个人看她的眼神都跟以前不一样了。其实连灵妹自己都有些难以置信，好几次午夜梦回，她都需要努力清醒一下，逐一回想白天的情节，以证实自己确实穿上了仙女送来的水晶鞋。

她之前谈过几次恋爱，但都挺淡的，跟王禹这次相比，简直全是走过场的演习。这一次，她才知道什么叫心动，什么叫甜蜜，什么叫彻骨的温柔，什么叫相思的哀愁。拉着王禹的手，她常常情不自禁地唱起歌来，但唱的不是“甜蜜蜜，你笑得甜蜜蜜”，而是“感恩的心，感谢命运……”

王禹给了她美妙的爱情，也带她见识了另一种生活。他们之前完全不是一个层次的人，他习以为常的东西，对她来说都十分新鲜，豪车、保养品、高级会所……她从来不知道有钱人是这么玩儿的，想都没想过。

有一次他们和几个朋友吃晚餐，席上有一种无骨的酥鱼很好吃，灵妹忍不住夸赞了几句，主人立刻让服务员另外做两份，给她带回家。回去的路上，她问王禹：这鱼贵吧？王禹笑笑：喜欢就吃呗，管它贵不贵。她追问：到底多少钱啊？王禹说：这两份，差不多是服务员一个月的工资吧。

拎着鱼要上楼的时候，一只流浪猫冒了出来，跟在他们后面小心翼翼地喵喵叫。灵妹说，可怜的，看样子是饿了。王禹二话不说，拎出一条鱼来扔给它，说：吃吧，好吃着呢。

4. 被天鹅调戏了的癞蛤蟆

大概半年以后，王禹被派去美国工作。他没办法带灵妹一起去，于是，他们分手了。和平分手，但过程是轰轰烈烈的——起码在灵妹心里是这样。她像在枪林弹雨里走了一遭，虽然保住了命，但落了满身伤。

那些伤是很难痊愈的。虽然看起来她只是又恢复了从前的生活，住小房子，去小公司上班，吃路边摊，但真的不一样了。从前她是一只坐井观天的青蛙，觉得世界就那么大，自己坐拥这一小片天，很不错了。而现在，王禹把她弄了上来，又扔了下去，她看到了世界的另一番样子，特别好，但是她得不到。平静和知足被打破了，野心和欲望在她心里蠢蠢欲动，让她整天抓心挠肝，发自肺腑地难受。

灵妹和高富帅分手的事儿迅速传遍了公司，那些曾经掉下来的下巴又完美地合上了，不但合上，还瘪了瘪：癞蛤蟆天生就是吃蚊子的命，妄想吃天鹅肉？被天鹅调戏了吧？

最开心的就是隔壁办公室的阿伟了。他追了灵妹两三年，本来胜利在望，却被王禹生生坏了好事。现在，曙光重新照到他身上，他抓住灵妹虚弱疗伤的机会大献殷勤，使出十八般武艺讨她的欢心。

其实以前灵妹是考虑过阿伟的，那时候她觉得他虽然没什么大优点，但也没什么大缺点，平平淡淡过个小日子应该也还说得过去。但是现在不行了，有了王禹这个巨型参照物，阿伟怎么看怎么不可救药，没才华，境界低，目光短浅又牢骚满腹。这么个人，再怎么吹奏多情的喇叭，也敲不开她少女的心扉了。

5. 你和猫不一样

那天下班回家，灵妹刚一进小区就遇见了那只流浪猫。自从王禹喂过它一条好几百块钱的鱼以后，每次见到灵妹，它总是锲而不舍地尾随她，吓也吓不走，甩也甩不掉。这一次，它跟着灵妹走到了楼门口，灵妹回过身，严肃地对着它说：你死了心吧，我这里再也不会有那么好吃的鱼了，你这辈子，也就那么一次吃好鱼的命。

流浪猫目光炯炯地看着她，没有一点罢休的意思。灵妹叹了口气，觉得很对不住这只可怜的猫，本来人家每天吃些残渣剩饭，也挺满足的，偏偏你给了它一条鱼，让它知道世间还有如此美味，然后又不再给了，它再怎么努力也得不到第二条，它的渴望一生也不能再得到满足。

想到这儿，灵妹忽然觉得很难过。她自己不也是这么一只猫吗？偶尔走狗屎运，得到了人生中最好吃的一条鱼，那美味令她贪恋，却再也得不到第二条。

回家以后，她在MSN上给王禹留言：如果你不能持续地给一只猫吃鱼，那就干脆一次也不要给它吃，否则一时的快乐之后，是一生的不满足。有一些恩赐是可怕的，我真希望从未得到过那个可怕的恩赐。

王禹正在遥远的大洋彼岸准备开始一天的工作，他很快回复了她：但是它是一只吃过鱼的猫了，它的眼界和经历都变高了，它的人生跟别的猫不一样了。它可悲，因为它是猫，想要的东西只能依靠人的施舍来得到，但你不是猫，你可以通过自己的努力去争取。自信点儿，我相信你能做到的，你第一次去我办公室画吉祥物那天，我就发现你是多么的才华横溢啊。

才华横溢？灵妹对这个词很陌生，她看着自己整天为一堆琐事操劳的右手，愣了半天，这只手还能逮到更大的鱼吗？

6. 广州和欧洲你选哪儿？

这一年，公司收成很不错，老板决定重点奖赏几个员工。灵妹因为做成了荷马的项目，自然首当其冲。奖励可以二选一，欧洲十日游，或者广州一个月的培训。其他同事都选了去欧洲，只有灵妹毫不犹豫地选择了去广州。她是一只吃过鱼的猫了，她的目标和眼界跟别人不一样了，她迫切地想要学会自己抓更大更好的鱼。

一个月的培训后，灵妹没有再回来，她在广州找了家很大的公司，那家老板很欣赏她画里的灵气。

现在，灵妹每天穿梭在繁华的广州，出手就是从前想都不敢想的大项目，一年前在落着蜘蛛网的老房子里拼死拼活讨好小客户的她，已经被甩得看不见了。

没关系啊，因为是爱情

—
1

傻大哈是徐姐养的一条哈士奇，它既二又可爱，很傻很天真地过着荒诞诡异的生活。徐姐每天都给我讲傻大哈的故事，我觉得她上班一半的目的就是告诉我昨天傻大哈都干了啥，当然这一点并不确定，可以确定的是，我上班一半的目的是听傻大哈的故事。

今天早上一到单位，徐姐就讲：昨天傻大哈在卧室拉了粑粑，怕我发现，拽条枕巾盖住了，我其实一回家就已经觉得不对劲，它老在门后蹲着躲我，问它干了啥坏事也不说，到上床睡觉时我看枕巾掉地上，随手一捡，哎呀——

我正吃着肉松面包呢，但还是张开塞满食物的嘴哈哈大笑，因为开心比恶心多很多。

文青小胖说，这世界总会有不期而遇的温暖，和生生不息的欢乐。我和徐姐的温暖和欢乐就来自傻大哈，靠着这条狗，我们度过了一个又一个枯燥烦闷的工作日。

徐姐当然能分辨我对傻大哈的爱是真诚的，所以她也真诚地劝我，你也养一条吧，很欢乐的。

我坚定地拒绝了。理由是，我在养恐龙。

2

我的恐龙，是个帅得没天理的男人，我花了很大力气才把他圈进我的领地，并且正在花更大力气守住他，保证他不被别人圈走。所以我没有多余的爱和精力分出去。

通常徐姐在家调戏她的傻大哈时，我都在讨好我的帅恐龙。

程风，来试试我淘的帽子。程风，我给你的手机配了新耳机。程风，你回来的正好，快来吃炸鸡翅，刚出锅的。

他几乎总是回来的正好，因为我都是算好了时间才把鸡翅下锅的，而且我不是为他，我是为自己。看着他把香喷喷热腾腾的鸡翅塞进嘴，有滋有味地吧唧嘴的样子，我真心觉得好享受，比吃在自己嘴里享受多了。

所以如果你不知道神马是真爱，看看我就知道了。真爱就是，你深信自己遇到了像恐龙那样珍贵和稀有的人，你愿意竭尽全力为他服务，并在竭尽全力的过程里，感到无比快乐。

通俗点讲，就是你永远想对他说：很高兴为您服务，而且这句话里不掺杂半点虚伪客套。

只可惜谈恋爱就像玩跷跷板，极难达到两人同时悬空的理想平衡，常常玩着玩着，就玩成了一个高高在上，另一个俯首贴地，而贴地的一定是爱得多的那个，大概因为爱是一样很沉重的东西，装满它的人，总是不知不觉就给压到下面去了。

本来我并没有觉得这状态有什么不好，但徐姐有次看我和程风的照片，只看了一眼，就说，我觉得你看他的眼神……跟傻大哈看我的眼神一模一样。深情？我问。不是。她摇头。仰慕？不是。忠诚？不是。她果断否决了我提出的十几种可能，最后毅然决然吐出一个字：贱。

我去。

—
3

周日早上，大雨。程风要去加班，满屋子找伞。你都不知道在家里备把伞吗？他找了五分钟后，开始抱怨。我说有的呀，然后跟他一起找。又找了五分钟，未果。你生活可真没条理。他开始指责。我很惭愧，二话不说穿好衣服飞快地冲下楼，在小卖部买了两把伞，上来给他。他接过伞，边急急往外走边说，抱歉我急着上班，刚才说话有点……辛苦你了。

竭诚为您服务。我冲着他帅得不像样的背影说。然后还很没出息地跑到阳台，偷偷欣赏他撑着伞在雨里大步疾行的样子。真是好看啊，真是愉悦心灵啊，真是百看不厌啊。

刚才他为什么事向我道歉来？忘了。其实他压根不必道歉，首先我心里完全没有一点怨或者冤，其次他只要这么走几步给我看，我就很爽了，就算再给他买十次伞也会觉得我乐意。

一小时后，程风打电话来说，你买那什么伞啊，柄上好长一条钢丝，把我都手划破了，还两条，都出血了。

我内疚又心疼，立刻关掉正看得起劲的美剧，拿着另一把伞和创可贴奔向他单位。

在门口碰到程风的美女组长，我不太好意思地告诉她，我是顶着大雨又湿足又湿身地来送创可贴的。她不解地看了我半天，回头冲程风说：你的家庭医生来了。

伤口在程风的手背上，长长的两条，已经凝成两条暗红的血痂，我端详了一会儿，觉得那只修长干净的手配上这两条血痕，还真是别有一番风韵——程风长得就是这么绝，受了伤，连伤都迷人。

我掏出一堆创可贴，极认真地挑出长短宽窄最合适的两条，细心谨慎地给程风敷上。美女组长站在一边全程参观，最后终于受不了，说程风你不至于的吧，不就划了一下吗，多大事儿。

程风抬眼看着她，说伤是不大，你不心疼有人心疼，你这是吃醋吗？

我纵愚钝，也还是察觉到他的眼神和语气都有点怪，撒娇卖萌的透着一股子酸奶味。

这感觉陌生又熟悉。在顶着大雨回去的路上，我一下想明白，陌生是因为他从未对我那样过，而熟悉，是因为我对他从来都是那样的。

他那个眼神，用中年妇女徐姐最直白的描述，就是一个贱啊。

我心里翻腾起比大雨还滂沱的焦虑，是那种倾尽全力钓到一条大鱼却因为力气小没法拖上岸的焦虑，那种自知河窄水浅藏不住有角之龙的焦虑。其实自牵手程风那天起，这焦虑就已经无时不在我心里了，但此刻它更加清晰和真实，我意识到我的恐龙正眼巴巴向往着另一片更宽广的草原，我有阻止它的愿望，却没有阻止它的力量。

—

4

我别无他法，只能对程风更好，好到无可挑剔，好到令人发指。

徐姐每次听我给程风打电话，都把下嘴唇向左偏出一厘米，并用舌头使劲抵住上膛，发出一串接一串的啧啧啧啧，啧啧啧啧。如果我胆敢追问她啧什么，她一定会不留情面地指出：你比以前更傻更贱了。

我说你们中年妇女嘴里就吐不出好词，什么浪漫美好都被你们搞庸俗了。

我还说，你老了你不懂，傻是疼贱是爱。

但其实我知道，傻和贱都有底线，到贱无可贱那天，一切大概就玩儿完了。

那天程风说要加班，晚点回。我做好了饭，一边看美剧一边等他回来共进晚餐。看完四集，时间已过九点，他还没动静，我小心翼翼打电话去问。他说要送一个同事回家，半小时后回。我又看了一集，十点多了还不见动静，我只好小心翼翼打了第二个电话，他说在同事家楼下，顺便把饭吃了。我更加小心翼翼地问，是那个美女组长吗？他说你怎么知道？

我挂了电话，沉痛地喝下一碗粥，然后把精心准备的三菜一汤一样一样倒进垃圾桶，一边倒一边哭，那些委屈地委身垃圾桶的食物，多像我糟糕的、不被珍惜的感情啊。

刚倒完，程风回来了，进门就问还有没有饭。我说刚刚倒掉。他有点不高兴：怎么倒了？我说你不是吃了吗？他更加不高兴：我在外面没吃饱。

我钻进厨房又一通忙活，忙着忙着心情就好起来了——在外面没吃饱，总归是件好事。

心情好了我也想再吃点，于是我和程风在夜里十二点半，终于共进了晚餐。

你怎么会没吃饱呢？我十二分小心地问。

她请客，一共那么两三个小菜，我得由着人家吃饱啊。

跟我吃你好像从来没管过我饱不饱。

不饱你不会说吗？

我说不说和你心里在不在意，是两回事。

矫情。

你到底有没有担心过我吃不饱啊？

没有，你每次吃的比猪都多，我有什么好担心。

我张口结舌，又伤自尊又伤心。

接下来的一周，我每顿只在程风面前吃半碗饭。但他完全没发现，更别提给点人道主义关怀了。他只关心他的衣服我有没有熨好，他朋友的机票我有没有订好，他妈妈的生日礼物我有没有准备好。

他妈妈要过六十岁生日了，他把准备礼物的重任交给了我。我很荣幸，在淘宝花了大量时间挑选比对，终于拍了一件真丝上衣，蛮贵，衣服拿到手后我十分满意，觉得颜色款式都无可挑剔，于是兴致勃勃给程风看，不想人家一眼看过来就说，怎么这么肥，不是跟你说了我妈挺瘦的吗。我说那我赶紧去换小号。他没说话，斜睨了我一眼。这一眼里头，有不满，有鄙视，有厌恶，有无话可说，有恨铁不成钢，有各种康熙爷面对不中用的下贱宫女时的不良情绪。

我被斜得心灰意冷。

我真想说，爷我实在高攀不起您了，咱分手吧。但我真没那份勇气，我连“分开一段时间”这样的话都不敢说。壮了一晚上胆，我才敢对他说，姐姐出差，让我去她家带小外甥，要在那边住三五天。

像所有罢工的下人一样，我的小算盘是，我走了，没人伺候你，你就知道我多有用了。

—
5

姐姐是真的出差了，但小外甥并不需要我带，他有我妈陪着呢。只是小外甥每晚要听着故事睡，而我妈不识字，我去了，也算能填补一项空白。

第一晚我读的第二个故事叫“聪明的狗”，讲的是，有天一条狗进了肉店，颈上挂着袋子嘴里叼着纸条，纸条写着“买一根羊腿，钱在袋子里”，屠夫惊讶地拿了钱放了羊腿，狗就走了，屠夫好奇地跟了出去，只见狗不慌不忙穿过马路走到车站牌，耐心地等来了要坐的公车，跳上去，到了站，又准确地跳了下来。屠夫跟着它来到一所郊区的别墅，只见它在门口放下袋子，使劲敲门，敲了半天没人开，它又跑去敲窗户，敲完回到门口静静地等。然后门开了，一个大汉怒冲冲走出来，狠狠踹了狗一脚。屠夫生气地说，你这是干什么，这是条多聪明的狗。大汉冷笑一声：聪明？天呐，它这星期已经两次忘带钥匙了。

小外甥听完故事，和屠夫一样生气，说，那个主人可真坏。

我也生气，说人呐就是不知道知足，狗做了那么多，却还要受委屈。

这么一说，我忽然觉得心有戚戚焉。一个不太美好的比喻涌上心头：我不就是那条永远不可能让主人满意的狗吗？不就是吗？

唉，不管生命多么辉煌，现实终究是残酷的。就算是生死相依的两个人，如果一方习惯了高高在上，另一方习惯了低眉顺眼，那么后者就算再聪明再卖力再一腔赤诚，也注定不会得到平等的爱。

第二天上班，徐姐又讲她的傻大哈。她昨天用绳子吊起一条鱼，放到傻大哈正好够不着的高度，让它自己想办法吃。结果傻大哈练了一晚上原地起跳，最终还是与那条鱼擦嘴而过。徐姐拍了视频说，你看，它旁边就是小凳子，只要稍微挪一下踩上去就成了，它就是不会，我真被它傻哭了。哎你说课本上说的对不对，难道真的只有人类会制造和使用工具？

我不想跟她探讨事关全人类的课题，我只是很同情那条狗。我说你太无情太狠毒太冷血了，怎么可以这么对待一条可爱忠诚又带给你那么多欢乐的狗。

徐姐冷静地审视了我三秒钟，以中年妇女独有的阴损的智慧一招击中我：你被程风甩了吧？

—
6

我确实跟程风散了，但具体谁甩了谁，此事存疑。因为首先是我离家出走，然后等我回去，他早已搬离我家，不知去向。

我所想象和期待的事情没有发生。程风没有因为我的离开而觉得断手断脚日子过不下去，也没有在某个寂寞孤单的夜里忽然想起我的种种旧好，更没有在失去后才追悔莫及痛心疾首许下一万年的承诺。

他只是悄悄地走了，正如他悄悄地来，他挥一挥衣袖，带走了全部家当。

我整理了三天房间，把一切都复原成他来之前的样子。于是一段惊心动魄的圈养恐龙的时光，就这么不明不白地消失了，连同消失的，还有我的辛勤劳动，我的担忧焦虑，以及看到窝里有只恐龙的那种由衷而巨大的快乐。

我很懊丧。我曾以为自己是恐龙的主人，事实却证明我只是个不太够格的饲养员。我没有驯服恐龙的功力，所以成败得失也全由不得自己。

但不管怎么说，能养一回恐龙，也算我干了件大事，就算他最后跑掉了，这件大事也足以载入我人生的编年史。所以做义工就做义工吧，也许在有些感情里，有些人注定了就是要做义工。这也没什么不好，如果做一件事本身就能让我开心又满足，那么就算结果不令人满意，也没什么冤枉。不如就把这场爱当做一次旅行，我聆听过，震撼过，赏心悦目过，心旷神怡过，那么所有的付出就都值回票钱，所以，我一点不亏。

而且程风在恰当的时候跑掉，没有让我在这场旅途里耗费太多青春，也算是对我的间接救赎，多多少少，我也许还应该感谢他。

—
7

再见到程风，是在两个月以后。我陆续在家里找到一些他的东西，有一条烟，两条内裤，几个他收藏的古钱币和胸章。我把那些东西打包好，赶在晚上快下班时提着送去他单位。

必须得承认我很想见他，但也必须得说，那些古币和胸章对他也真的很重要。

程风正在跟美女组长说笑，说得眉开眼笑，笑得眉目生辉，好看极了。我透过办公室半掩的门看了他一会儿，想念的心情得到极大慰藉，这才提着那包东西慌慌张张地走过去，像个业务繁忙的快递员那样，简捷而飞快地说，你的东西，收好哈，回见。

我转身要走，美女组长先于程风反应过来，说呀你来了，急什么走，先坐。然后转向程风说，那咱的晚饭就取消吧，你们享受二人时光。

程风急切地站起来说不用不用，没事没事，其实……我也急切地说，不耽误你们，我还有事，马上要走。

直到美女组长收回取消晚餐的提议，程风才接过我带来的东西，对我说了第一句话：谢谢。

好像在一起那么久，他还是第一次对我说谢谢呢。

他还破天荒地把我送到办公室门口，告诉我，那件衣服他妈妈穿着很合适，他都没想到老妈的腰身居然那么肥。

我心里一热，又一动，一种叫做希望的东西冉冉升起。我看向程风的美目，希望能探测到几分诚意，可还没完成对焦，他已经转了身，匆匆丢下一句“再见”就回了办公室。

随后，办公室里隐约传来程风酸奶味的发音：走吧，我预定了你最爱吃的那家餐馆。

我走进电梯，长长叹了口气。恐龙终究要去找恐龙的恐龙，我无力阻挡，只能祝他成功。虽然作为一个过来人，我强烈预感他多半也只是做一回义工。但义工有义工的快乐不是吗？感情这件事，各人甘苦自知，没有值不值的标尺。

电梯下行的十秒钟里，我暗自下了决心，从今天起，面朝人海，胸怀敞开，以傻大哈的精神，去寻找我的义工。

我也要做一回骄傲的恐龙。我自信，能成功。

君是袖手旁观客，我亦逢场作戏人

—
1

一单挺重要的业务，手下的小姑娘费了牛劲也签不下来。慕蓝蓝决定自己攻一下。

“我们慕总想亲自跟您聊聊，齐部长下午有空吗？”小姑娘在走廊打电话，“噢您认识穆总啊，太好了……好的，那下午三点，我们准时过去。”

慕蓝蓝听着，下意识扫了自己一眼，暗自庆幸今天穿得还不错，淡青色小西装，尖头细高跟鞋，蛮有范儿。

说起来，之前也见过齐小天两次。虽然都是在会场和大型宴会上，双方只是打个招呼，换了名片，说的话加起来没超过十句。不过他说认识，也算吧。

他倒是能记得。慕蓝蓝微喜。她当然也记得他——非典型富二代，年轻，能干，笑容好看。

重点是，单身。

–
2

怕堵车，慕蓝蓝早早带着小姑娘出发。结果提前半小时到了。

“抱歉，来早了。”她跟齐小天握手。

“正等着呢。”他表情愉悦，“慕总每次出现都让人惊艳。”

三人坐下来，东拉西扯了一阵子，聊得甚欢。末了，小姑娘哆哆嗦嗦拿出之前跟齐小天的下属快讨论烂了的合同，说：“齐部长，您这边之前觉得不合适的地方，我们都调整了，只是有三点实在不好改……”

“不改了，就这么签吧。”齐小天一秒钟都没犹豫。

“啊？”小姑娘没想到顺利成这样，一脸惊恐。

“合同给我呀。现在就签。省得你再跑一趟。”齐小天说。

回去的路上，小姑娘亢奋得像磕了药，“居然就这么签了！慕总，你不知道我之前费了多少口舌，好说歹说，就是不行，我都全面崩溃了，没想到，您一出马，啥条件都没了，还要长期合作……”

“淡定。”慕蓝蓝拍拍小姑娘。

这俩字，其实是说给她自己的。

快三十岁的女人了，也在生意场上摸爬滚打了七八年，各款男人都见过，各款伤也都受过，再随便胡思乱想，就是傻。

—
3

大概一周后，齐小天给慕蓝蓝打电话，说约了几个企业家一起吃饭，“应该都是你的潜在客户，一起来吧，联络联络感情。”

联络感情。慕蓝蓝暗笑，和谁的感情？

当然，她也知道那几个企业家的能量，若有机会合作，自然求之不得。

所以，当然愿意赴约。

七八个人的饭局，慕蓝蓝是唯一女士，加上又对别人有利益谋求，自然要承担热情热心烘托气氛的功能。

恰到好处地恭维，不动声色地示好，她早修炼得炉火纯青。

席间，大家互加微信。几个男人逐一加了慕蓝蓝，半真半假地说，多了美女慕总，以后会更喜欢看微信了。

慕蓝蓝得体地笑：“能随时跟各位大佬学习，我太幸运，诸位不吝赐教。”

说话间眼神飘过齐小天，他脸上荡着一丝得意，并暗示她看手机。

她打开，原来他发了信息：表现不错，给你打十分，不怕你骄傲。

她飞速回：逢场作戏。

他回：我最爱看戏。

四目默契流转，一种难以言说的亲密感，穿过酒桌，穿过杯盘，穿过身边人无关的谈笑，接通了两颗心的电极。

4

第二天，慕蓝蓝正开会，齐小天发来微信：昨晚那个孙总，想跟你们合作啦，听意思，单子还不小。

她当下心里一喜。会也开不下去了，匆忙收尾，回到办公室，在座位上端端正正坐好，回他：多谢齐部长，没有你牵线，我们这巴掌大的公司可撬不动孙总。

他秒回：叫我小天吧。

晚上请饭答谢，小天。

就咱俩吗？

嗯，咱俩。慕蓝蓝敲完这几个字，手心微汗。

单独约客户吃饭也是常事。但这次，貌似有点，不一样呢。

重新化了妆，又专门做了头发，小方格丝巾雅致地系好。慕蓝蓝看着镜子里的自己，想，有点粉墨登场的意思啊。

提前到场恭候。齐小天穿了套嘻哈休闲装现身，一见她，就露出标志性的笑容："哎哟，不错哦。"

"天王来了。"慕蓝蓝也笑。

“别骂我。”

“真挺像周杰伦的。”

“哈哈，那下次我再配个双节棍，还能保护你。”

“我哪有这么好的福气。”

“想保护你的男人得装几十筐吧？”

“为啥要装筐里？”

“也是。那手拉手能从这里排到纽约吧？”

“我的目标是到月球。”

“算我一个。”

“哪儿能让你屈尊，要排也该是我排在你的铁粉队伍里啊。”

——虽是笑谈，也半掩着真心。生意伙伴的外衣，让表达好感显得分外安全。

其实，也有些爱情，是藏着利益的面具下的。

—
5

酒喝到微醺，俩人兴致都很好。齐小天拿出手机，发给慕蓝蓝一张照片。

“嚯！”慕蓝蓝乍看，吓一跳——是在第一次遇见齐小天的会场，她在跟两位男客户聊天，笑得很美，姿态也相当优雅。

原来他早就留了心呢。慕蓝蓝笑上眼角。

齐小天看着她，表情很认真：“嗯，就是这款笑，特别美。”

“这是半年前拍的吧？你还真有心。”慕蓝蓝说。

齐小天轻笑：“谁说不是呢，所以一直伺机认识你啊。其实之前拖着不签你家合同，就是在等你出马，谁想你磨磨蹭蹭这么久才来。特别想有一天你能笑给我看。今天如愿，开心。”

“你笑起来也很好看。”慕蓝蓝说。

“是吗？那我也给你笑一个。”齐小天笑着看向她，眉目含情。

慕蓝蓝一时心慌：“哎呀，小天同学别这样，招架不住。”

真是招架不住啊。这撩妹功夫，也是没谁了。

—
6

各自回家后，两人又在微信上接着聊，聊到深夜两点。

聊的是……嗯，还真是包罗万象。人生苦短啦，情义无价啦，铁板烧味道足啦，好累好想看电影啦……

对了，说到电影，还约了一起去看《疯狂动物城》。

第二天就去了。

齐小天也没跟慕蓝蓝商量，直接选了最后排的情侣座。其实电影也没怎么看，就在孩子们肆无忌惮的笑声里，聊天来着。当然，因为音响很吵，而他们不能太吵，所以说话时凑得很近，看起来，像一对耳鬓厮磨的情侣。

到电影结束，俩人牵着手在步行街漫步时，就更像了。

春暖花开，暖洋洋的夜色里，路灯背面的阴影下，齐小天的吻落下来。

太甜美。

慕蓝蓝觉得自己沦陷了。

进展是不是太快了。她想。

可是心又忍不住开始飞。路过男装店，就想到可以买套淡青色西装给齐小天，跟她凑情侣装。路过健身会所，就想着以后可以跟齐小天一起来健身。路过婚纱影楼店，喔，也许有一天会跟他拍婚纱照吧？路过童装店，喔喔，将来有了宝宝……

想太多了。慕蓝蓝笑自己。

女人或许都是管不住自己的吧？明明知道该淡定，却还是乱了阵脚。明明担心进展太快，却在遐想里跟他过完了一辈子。

—
7

可是，接下来，齐小天也没有依照套路推进。

他常常十天半月没消息。没有微信，没有电话。

而一出现，又是副老情人的样子——蓝蓝。想你了。梦见你了。想见你呢。

见面，亦如情人般亲昵。

可是再分开，又是十天半月没动静。

什么鬼。慕蓝蓝摸不准。

每一天，她等微信，等电话，等见面。

等得辛苦，就给他发微信，给他打电话，约他见面。

也知道不该太主动，却按捺不住。好在，有工作当借口。

孙总那边的合同签下来了，多亏你。慕蓝蓝说。

是你有魅力嘛。孙总看你的眼神，多毒。齐小天说。

别瞎说。

你的逢场作戏，演得很真。

都是为生意，你懂的。

我也是生意吗？

你不是。

8

孙总的单子很大。签下来那天，慕蓝蓝请他吃饭，也想约齐小天一起来。

电话打过去，齐小天语气遗憾："我今晚有安排了呀！"

"很重要吗？"慕蓝蓝问。

"也不是。要不这样吧，我带个人去，你别介意哈。"

"没问题，包间够大。"

晚上，齐小天果然带了个人去，一个清纯漂亮的姑娘。一进门，他就笑盈盈介绍："我女朋友，小青。"

慕蓝蓝懵掉了。像无端被最亲的人狠狠打了一闷棍。

硬生生按下劈头盖脸的惊诧和难过，她迎过去，笑着跟小青握手："热烈欢迎！"

齐小天在旁边看着，笑容邪魅："慕总不去做演员，真是可惜了。"

小青说："是呀，这么美。"

孙总跟着表白："就是冲着才貌双全的慕总，才有了今天的合作。"

"哎呀我经不起夸。"慕蓝蓝坐下来，提酒，又是感谢又是祝福，说了一堆漂亮话。

饭局依然欢乐。齐小天说，"我和小青本来想去看电影的，但慕总有约，那必须要来呀。本来小青还犹豫，我说来嘛，也没外人，关键还能跟慕总学习学习。"

"跟你学就足够了。"慕蓝蓝笑得冰冷。

—
9

慕蓝蓝两天没上班。第三天，终于打起精神出门，刚到公司，就见齐小天的车停在楼下。

"蓝蓝。"他喊她。"这么巧。"

她忽然心慌，仿佛做了亏心事。勉强镇定下来："你怎么来了？"

他还是一副玩世不恭的笑："生气啦？微信不回，电话不接。那天吃饭时表现得那么好，我还以为你真不介意呢。"

"那天为什么不提前告诉我，你要带的人是女朋友？我都不知道你有女朋友。"慕蓝蓝强压着情绪，不许自己失态。

齐小天还是笑："我想看你演戏呀，看你怎么应对。我是你的铁杆戏迷。"

慕蓝蓝转头就走。

齐小天跟上来："怎么，不想演了？这场戏落幕啦？"

追到跟前，又说："我今天来，是想跟你聊下一步的合作，上半年的合作快到期了，下半年，我们继续吧。"

慕蓝蓝站定，微笑："这算是下一场戏的门票吗？"

"你不觉得我们合作挺愉快的吗？"齐小天说。

"很愉快，但是没有下一场了。"慕蓝蓝拿下巴指指他的车，"请回吧。"

—
10

一场戏。

原来，他只是花钱买了戏票，来观赏她的倾情演出。

看她演欢喜，演期待，演动情，演无奈，演绝望。她演得真切，他看得过瘾。

然后落幕，各回各家。

若还想看，再付门票。

慕蓝蓝坐在办公室，忍着，没让眼泪掉下来。

忽然想起一句话：君是袖手旁观客，我亦逢场作戏人。

好吧。全当是逢场作戏吧。

你若不讲，谁知道你动了真情？

无非是又傻了一回，让自己见笑了。

话说回来，哪个女人没有在爱情里，明知故犯地傻几回呢？

抱歉，我是替身女友

1

六年后，她在北京最有名的酒吧里卖唱，不知不觉，已是小有名气。每晚，都有喜欢她的人来捧场，点歌，送她花和礼物，请求送她回家。

她什么也不收，什么也不说。微笑着摇头，礼貌里暗藏冰冷。

每晚，她在朦胧灯影里唱：

思念是一种很玄的东西/如影随形/无声又无息出没在心底/转眼吞没我在寂寞里/我无力抗拒/特别是夜里/想你到无法呼吸……

唱时，余七的笑容便浅浅浮出。

其实她和余七的交情，实在很浅。他或许再也想不起，世界上还有一个她。

可是，她就是忘不了，六年前，他向她浅浅微笑的样子。

—
2

是进大学的第一天，她一个人提一只大行李箱，找到系报到处。一群忙碌的人中，她走到最好看的男孩面前，轻声问：经济系报到处？

对方抬头，目光恍然一顿。

是的，跟我来。

他带着她办了所有手续，又帮她把行李提到宿舍。她跟在他身后，像一只好奇的小羊，乖乖的，傻傻的。

最后，他写了名字和电话给她。我叫余七，大三的，有事给我打电话。说完，奉送她一个暖暖的、浅浅的笑。这个笑容，她从此忘不了。

几天后，有师姐来宿舍玩，看到她，也是目光一顿，心直口快地说：你长得像我们院学生会主席的女朋友哦。

谁啊？她有些好奇。

余七啊，一级风云人物。

噢，我认识的。报到那天，他把送我回宿舍。

啊唷，幸福喽。他居然来亲自送你——一定是因为你像他女朋友颜葵……

原来是这样，她心里酸酸甜甜的。原来，自己和余七有着这样一丝关系。这算是一种荣幸吗？

很快，她便见到了那个叫颜葵的、与她相像的女孩。高而瘦，微卷的长发，戴粉色宽边眼镜，气质超然。

她立即感到自己的卑微。也许，在五官上的某几处，她们确有几分相似，可整个人打分，她逊色得不忍比较。

之后的日子，余七和颜葵频频出现在她眼里。他们太出众，走在路上，吸引的不只是她的目光。她常常听见师姐们的议论，关于颜葵出身高干家庭、清高孤傲，关于余七才情超群、热情能干……

渐渐地，余七在她心里几乎神圣起来。看着他呼风唤雨，她欢喜又神伤。他越优秀，她和他的距离就越遥远。也只有最初的几次见面，余七会向她微笑，后来，他已经忘了她是谁。

只有一次。她匆匆从宿舍楼上下来，准备去上课。余七正在下面等颜葵，忽然叫了一声：喂——

她惊讶转身，看到余七更惊讶的笑容：对不起对不起，认错人了。

没关系。她还以真诚的笑。转身，心差点跳出胸膛。

那时候她还没意识到，不自觉的，她已经越来越像颜葵的模样——也是微卷的发，粉边眼镜，小跟皮鞋。

其实这时，她也已是学校里蛮耀眼的人物。大大小小的晚会，都会邀她唱歌捧场。走在路上，她会感觉到有打量的目光，也听说很多学弟在打探她的消息。

可是，一个余七，足已把一切抵消。

毕业后，她想办法留在了北京。她知道余七也在这里。

—
3

毕业两年后的秋天，她终于又见到了余七。

他出现在她唱歌的酒吧里，是十月的一个晚上。

没错，就是他。穿湖蓝色毛衣，剪短了头发，坐在幽暗角落里看着她。她几乎不敢相信双眼，可是，那些曾经关于他的记忆，那些因他而生的不安和寂寞，已在瞬间填满心胸。

她失神唱着。恍惚间感觉他的目光穿过幽暗，直直射到她心里。

这时候的她，已经懂得，如果再不勇敢一点，天不会给她机会。于是，这首歌后，她提前结束了当晚的工作。

洗手间里，她仔仔细细整理好衣妆，演练好步伐和笑容。

余七。她终于又站在他面前，向他微笑。

从落。他轻松叫出她的名字。他居然知道。

她极意外，刚要出口的自我介绍被生生吞了下去，改成一句：嚯，你认得我?

你有些像我的一个朋友，所以偷偷记住了你名字。以前在学校听过你唱歌，没想到在这里遇见。

颜葵吧，我知道的。当年，你们都不知道自己有多红。

惭愧。余七摇头轻笑，隐隐的一分无奈，被她捕捉到。

颜葵，还好吗？她忍不住地问，马上意识到唐突，可是话已出口。

她啊，嫁到了英国，已经去那边几个月。

她忽然觉得踏实，大方请求：请我喝一杯吧。

那晚，她和余七聊到两点。几年来积攒的话，找到了释放的闸口。余七多喝了几杯，出来时，已有些摇晃。她伸手想扶住他，却被他拉住，拥在怀里。

那一瞬，她看到整个世界都向她微笑。余七。她伸出双手，慢慢地、紧紧地拥住他，喃喃道：余七，我居然能等到今天。

颜葵啊。她听见余七轻轻呼唤。

—
4

那晚酒后的拥抱不算数。

接下来，他面对她时，还是客气，只是她每天收到他发来的短信。问候和交流，都透着温暖的暧昧。

平安夜，余七约她去看话剧。剧情只是有一点感人，她却哭了。余七看着她，笑，伸手抹她的泪水，然后捧起她的脸，轻吻。

这是她人生中最完美的平安夜。余七在剧场外的人海中，拥着她，吻她，说爱她。

当晚，她去了余七的家。毕竟是优秀的男人，工作三四年，便有了像样的车和房子。

可是，这房子里，有粉色的女式拖鞋，有卡通灯和挂饰。在她看来，处处，都写着颜葵两个字。

看她愣神，余七坦白：都是颜葵留下的，觉得没必要更换。

嗯，我喜欢。她摆出一个笑脸。

夜里，她心安理得地把自己交给他。激情与迷幻中，他们给了彼此无以复加的幸福。

就这样，她留在了他的生活里，给他洗衣做饭打扫房间，用尽心思让他欢喜。

她对他说：我不知道做了多少世的猪狗牛羊，佛才同意给我这样的幸福。

他哈哈大笑：你这辈子好好听话，下辈子我还向佛申请和你在一起。

她真的很听话。每次和余七吃饭，他总是自作主张地点酸辣口味的菜。她本来不吃辣，却一声不吭，因为她知道颜葵最爱吃的就是酸辣粉。常常，她被辣得鼻涕眼泪一大把。

那次她终于哭了出来，大声说：凭什么，凭什么我就一定要吃辣，凭什么我不能做我自己?

余七愣了一下说，我原本以为你吃辣呢。

她哭得更厉害了：每个人都不一样的，求你把我们分开。

余七沉默，眼神里有无奈和失望。

你们为什么分手呢？一个夜里，她问他。

爱的时间久了，有些平淡。那次吵架，她问我还爱不爱她，我正是气头，便说不爱，没想到，她居然跑掉，真的找了别人，其实……

其实什么他没有说。她当然知道后面的话是什么。

没什么，她暗暗对自己说，我都理解，我都原谅。

直到那天，他们在商场遇到余七的同事。她在一边试衣服，听几个男孩热情地说，跟嫂子来逛街啊。她心中窃喜，却听余七说：什么嫂子，我大学同学。

她心往下沉。忽然明白，在他心里，没有她的永远。

终究只是一个替身。

回头，她给了那几个同事一个得体微笑。

5

夏天来了。周末的中午，她在厨房做饭，余七的手机响了。

颜葵？她听见余七说。

手里的铲子掉到滚热的锅里，油花嘭地溅到脸上。她忘了疼。回身，看到余七匆匆拿着手机进了卧室，关了门。

她在外面，等了几个世纪。余七走出来，神色复杂。

颜葵回来了。

哦。

她好像跟那个英国人离了婚。

哦。

下午，她想来看看。

好。她点头。刚才被油溅到的几处忽然疼起来，疼出了眼泪。

她找了一个咖啡店，在最暗的角落里坐着。整个下午，她一分一秒熬过来。

晚上，她照例做好了晚饭。余七破例倒了两杯红酒。

是不是，最后的晚餐？她问。忽然觉得自己的声音如此苍老。

先把这酒喝了吧，他不回答她。不回答，就是给她答案了。

她举起酒杯，说，我做了几世的猪狗牛羊，其实只修来了一个替身的角色，这辈子，我不再奢求。喝了这酒，你能不能答应我，下辈子，你要请求佛，让我做你的主角。

他举杯一饮而尽。低头，很小声地说：下辈子，让我先遇到你。这辈子……对不起了，从落。

她也喝干了杯里的酒，说，我再给你唱首歌吧，以后，不知道还有没有勇气唱这首歌——

思念是一种很玄的东西/如影随形/无声又无息出没在心底/转眼吞没我在寂寞里/我无力抗拒/特别是夜里/想你到无法呼吸……

唱到一半，泪水终于汹涌流出。

第二天，她收拾好自己在这里留下的痕迹，准备离开。临走，余七拉住她，又说：对不起。

她停下来，看着他，心中升起撕心裂肺的绝望。那么俊朗的一张脸，那么让人疼爱。是的，疼爱，又疼又爱。

让我抱抱你吧。她说。

余七给了她一个紧紧的拥抱。好一会儿，她挣脱开来，向他微笑：我没有怨言，希望你们幸福。

更希望你幸福。他说，也给了她一个微笑。正是初相见时那样暖暖的、浅浅的笑容。

—
6

两年以后，她即将结婚，也是光鲜能干的男人，而且，是真的爱她。

结婚前，他们去看电影《如果·爱》。从电影院出来，他一遍遍地问她，周迅到底爱不爱金城武，你说到底爱不爱？

她忽然就想起余七来。在一起的那些日子，他到底有没有爱过，到底有没有？

可是，这个问题，她已无从知晓答案。

结婚后不久，是校庆50年的聚会。她被室友硬拉着参加。

还是看到了余七，带着他的颜葵，幸福一如当年。她看着他们，后悔来参加这聚会。

余七来敬酒的时候，她借口去卫生间，躲开了。没想到，余七还是拿着酒杯追来。

从落，为什么不喝这杯酒，恨我还是怪我。

她看着他，胸口依稀涌起当年的疼爱，这个男人，她一辈子也不会恨他怪他，只有疼爱。

忽然就想起那个问题，犹豫了一下，还是问了：现在，能不能告诉我，在一起的日子，你有没有真的爱过？

他沉默，好一会儿才说：以前的丛落是颜葵。现在的颜葵，我常常以为是丛落。我这个人，有些迟钝……不说了。你现在好吗？

她忍住不哭。点头，说：好，老公很爱我。

余七低头，又忽然背过身去，说：你幸福就好。声音哽咽。转过身时，眼已泛红。

这么多年，她第一次，看到他哭。

却是一切落幕之后。

听说你要嫁给我的前男友

十月真是个多好事之秋，姐姐昨天从微信上冒出来，说她一周内要赴八场婚礼，她很绝望。我也很绝望，虽然我只收到一张婚礼请柬，但是那上面的两个名字，却是你和韩公子。

我把请柬转给姐姐看，她瞬间发来好几个惊讶表情：这两个？

对，就是这两个，你，豆粒，和他，韩公子。我长时间地看着你们的名字，内心十分错乱，三观都动摇了。真的，我从未想过有一天你的名字会和他并列在一起，中间没有我。当然，喜结良缘这种事不可能有三个人并列一起，我的名字出现在请柬开头，这一次你们是主，我是客。这太不符合常理了，从前，不都是你在我的左边，他在我的右边，手牵手心连心永不分开的吗？

一

1

那一年，也是十月，我们刚上高中。学校有一大堆变态的规定，其中之一是军训要训两个月。军训是滋生友情的温床，到十月快结束的时候，我们俩已经在非人的苦难里结成了牢固的钢铁同盟，你样样都讨我喜欢，文静，聪明，肚子里憋着许多许多小笑话。

军训的最后一个项目是拉练。那天我们在连滚带爬走出去十八公里后，你娇嫩的小脚磨出了五个血泡，每走一步都像是在受刑。我比你好一些，我只有一个血泡，所以义不容辞地接过了你的大包，这样加上我本来那个，我身上的两个大包从体积到重量都超过了我，它们一前一后坠在我身上，弄得我像个粪球。你开玩笑说，如果我滚着走，应该更容易。我于是假装团起来，撅起屁股说：你踹我一脚，给我点原动力。

正在这时，韩公子来了。他严肃地冲作势要踹我屁股的你说：自己的包干嘛让人家背，你看她都累成什么样了？你看着韩公子，一时语塞。我赶紧吃力地爬起来，嬉皮笑脸地圆场：我乐意，我自己乐意的。

从那天起，你和韩公子就结下梁子了。以后韩公子送我回家，陪我买煎饼果子，你都躲得远远的。那时候还没有官二代这个词，你很繁复地描述说：有个当官的老子也只是你老子当官而已，你牛什么？我始终记得你鼻腔里发出的难度很高的那声“哼——”，我学了很多次都掌握不了那音调和力度的精髓。

我后来花很多力气跟你解释，其实韩公子并不牛，他就是凡事有点认真而已。

后来我开始跟韩公子谈恋爱，而我又特别离不开你，就总是拉着你和我们一起活动。你不情不愿地加入我们，一逮到机会就攻击韩公子，而韩公子也是口齿伶俐的大才子，你们斗嘴的时候火花四溅又灵光四溢，比春晚的相声有趣一百倍，我在旁边看着，常常笑得涕泪横流。

有一次我问韩公子对你的印象，他脱口而出一声“嘁——”，跟你那个“哼”一样，也是极难掌握调门。后来我才明白，只有具备那种发自内心的斗争情绪，才能有这样充沛的表达。看吧，那时候你们俩是多么不共戴天的一对，你们是两个负极，要不是我这个正极在中间连着，早就把对方斥出十万八千里了。

—

2

冬天的时候韩公子要过生日，我很没创意地想给他织一条围脖——那个年代，大概所有恋爱中的小女孩都因为那样的理由织过那样一条围脖吧。可惜我太拙，织了拆拆了织，折腾了很久才勉强完成了七扭八歪的几行。眼看生日要到了，情急之下我只好求助你。你瞪大眼睛说，这么意义重大的事情怎么好找枪手。我安慰你说，咱们俩不分你我，谁织都一样。最后我赌咒发誓绝不告诉韩公子，你才总算帮了我的忙。

其实这种事，你不要求我也不会告诉他的，对吧？

整个冬天，韩公子都围着那条墨绿色的围脖，别说，还真挺好看。当然如果围上别的也许更好看，因为韩公子本来就好看，身材又高，随便一打扮就是一表人才。

有次演讲比赛，韩公子也围着它。你坐在下面呆呆地看，我跟你说话你都没听到。我喊你：讲得有那么好吗，都看傻啦？你猛然回神，挠挠头说：谁看他了，我看我那围脖呢。

可惜那是韩公子最后一次围那条围脖了。之后不久，他就去芬兰留学了。

他的离开是我人生里经历的第一次心理大地震。我被震得肝胆俱裂痛不欲生，那天晚上我钻进你的被窝，抱着你大哭不止，你也哭了。第二天我们红着四只眼睛去上课，像一对找不到妈妈的小兔子。我一直拉着你的手，很矫情也很真诚地说，幸好还有你。

后来那条围巾又回到了我手里，连同我曾经送给韩公子的很多小玩意。我说过，他是认真的人，照家里的安排，他以后要一直留在芬兰，不再回来，所以他不能有牵绊，而他也不希望我有牵绊。

那段日子是怎么过来的呢，我的记忆有些模糊了。总之是过来了，我老老实实地学习，高考，上大学，交新男朋友，毕业，工作，全都没耽误。

这个期间，我和你从形影不离到各奔东西，联络渐少但从未断过。每年总有那么两三次，元旦春节或者你我的生日，我们互发几条祝福的短信，表示都还活着。

—
3

直到昨天，沉寂了很久的高中同学群里忽然有人说：恭喜豆粒大婚。然后好几个同学都跳出来说要去婚礼闹你们。我很意外也很开心，赶紧冒出来问，豆粒要结婚？我居然不知道！男方是哪个混球？那个群就又沉寂了，刚刚复活那几位在诈了一下尸之后又成了僵尸。

我百思不得其解。过了一会儿，你发来一条私聊消息，说后天在皇冠大酒店，欢迎你光临。然后传来一张电子请柬。

我一边骂你结婚居然通知了那么多人却没通知我，一边迫不及待打开，继而愣在当场。

这绝对是本年度最大冷笑话，冷到我从眼球到手指全部冻僵。好一会儿，我才艰难地敲出几个字：恭喜啊。你迅速地回：谢谢。一分钟后又问：会来吗？我想了很久很久，纠结得快要断成两截了，也没有想好去还是不去。所以，那一条信息，我没有回复。然而你的问号却像秃鹰一样盘旋在我四周，凌厉而执着地等我回答。

去还是不去，这真是个问题。我把它抛给姐姐，姐轻轻松松地说，去呗。我说我不知道怎么面对他们。姐姐说搞反了吧，应该是他们不知道怎么面对你吧？这次你一定去，这是你拯救美好回忆的唯一机会，错过了，他们就将永远是你心里的一个结，而你也会一直横亘在他们的未来里，其实这件事里面，谁也没做错什么对吗？

我很认真地想了想，也对，我们之间没有欺骗没有背叛，只有一点善意的隐瞒，谁也没有做错，我有什么可逃避？

所以，去。

—
4

你穿着水母一样轻盈飘逸的婚纱，和韩公子站在酒店门口招呼客人，我远远地看着，发现你们俩还真挺配的。那一刻我有一肚子的问号：你是什么时候爱上韩公子的？他是什么时候回来的？你们是怎么在一起的？

我还没想好见面的台词，你忽然看到了我。我们都有几秒钟的犹豫，然后你出人意料地抛开客人抛开韩公子，拖着水母婚纱跑向我，不由分说将我抱住，哽咽着说：我以为你不会来。我在那一瞬间也忽然泪水汹涌，说不出话。我没想哭的，真的，可不知怎么，眼泪稀里哗啦就下来了。

我们手拉手站在韩公子面前，他说：你看你们俩，妆都哭花了。

这是分别十一年后，韩公子对我说的第一句话。我红着眼圈冲他笑，说我不要紧，快给你老婆补补妆吧。

你们的婚礼走温情路线，你和韩公子牵着手，在深情的音乐声里脉脉对望，场面温馨感人。我的思想不停地在记忆和现场穿梭，一会儿回想起当年的我们，一会儿看看眼前的你们。你们拥吻的时候，我忽然想起当年我和韩公子在初冬梧桐树下的初吻，他的嘴唇轻柔而薄凉，那触感我至今记忆犹新。该死，我居然在此刻想起这个，这不知趣的薄凉。我使劲摇摇头，企图甩掉那尾随我的记忆。其实我特别清楚，眼前的韩公子，除了名字和样貌，他的心智他的情感他的思想，都早已不是当年的他，而我也早就不是当年那个爱他的我。也就是说，我们的现在其实没有任何瓜葛。

那么，我还有什么好别扭？我有什么资格不准你爱他？

也许我在意的只是你居然没有告诉我，你看过我给他的每一封情书，知道我们在一起的每一个小细节，可是我却不知道你爱他。这好不公平。这么一想，我几乎想冲上台去抡圆了拳头揍你，小妮子你竟敢耍我，你是故意的吧？但是扪心自问，我知道那绝不可能，那时候你肯把菜里最大块的肉挑出来给我，把你舍不得穿的漂亮的衣服送给我，你怎么会耍我。你喜欢韩公子也不是故意的吧？喜欢上以后你也很矛盾吧？因为我的存在，你也承受了很多吧？

想到这里，我一下子又有点愧疚，有点心疼你。

司仪还在台上搞气氛，说新郎新娘是高中同学哎，你们想不想知道他们是怎么恋爱的？台下一片哄闹，你赶紧摆着手说，我们是硕士毕业以后才在一起的，以前都是空白，都是我暗恋他……司仪不放过韩公子，问他，你浪费了很多年哎，高中时候干吗去了？韩公子有点尴尬，说，那个时候……

那个时候，他找错人了。我在下面笑着说。

身旁的高中同学都心知肚明地哄笑起来。我看到你眼圈又有点红了，唉，这么多年你还是那么没出息，一点小感动就要掉眼泪。

典礼结束之后，大家冲上去跟你们合影。我一直等到最后，才走过去，小心翼翼地从包里拿出那条墨绿色的围脖，问你：那个秘密我可以说了吗？你惊讶地笑着点头。于是我告诉更惊讶的韩公子：这条围脖其实是豆粒织的，它知道我们每个人的秘密，你们要好好珍藏它。然后我们一起拉着那条围脖欢乐地合影，你在中间，我和韩公子在两边。

后来你把照片发给我的时候，我看了很久很久，心里有说不出的感动和满足。真好，这么多年了，我们三个还是相爱着，只不过换了一种形式。其实现在是什么形式并不重要了，重要的是，你和韩公子是我青春里最昂贵的记忆，那些我一生都要微笑着回忆的美好过往，它们差一点死于非命，幸好被我英明地挽救了。

亲爱的豆粒，衷心地祝你们幸福。我也一定会幸福。

这是一个龟兔赛跑的故事

—
1

我和碎碎在图书馆看书。我恶补英语四级，她蹲在椅子上看时尚杂志。那款杂志很有趣，在一堆琳琅魅惑的奢侈品里，会夹杂一页有钱男人的征婚广告。

虽然所有的征婚广告都真假难辨，但这杂志里的格外让人怀疑又忍不住心动，因为每个有幸登场的男士，都拥有少则千万多则难以计数的资产。我一方面怀疑那么有钱的男人是不是犯得上征婚，另一方面又觉得真征婚的话投放在这种杂志十分对路，因为他们本身既是奢侈品又有能力购买奢侈品，完全吻合如碎碎这种money控姑娘的口味。

碎碎就是在看到那一页的时候忽然拉住我的胳膊叫起来：肤白貌美大长腿，贤惠巧嘴有智慧！这不就是你吗！

整个图书馆的目光顿时都向我投来。

我惊慌地使劲往回撤胳膊，以使大家不那么肯定碎碎说的就是我。但由于用力太猛，碎碎瞬间失去平衡，一面说着“两个亿的资产”，一面咣啷啷连人带椅子翻到在地。

后来栾盛帮我扶着尾骨脱位的碎碎去医院。我对这位碰巧坐在我们旁边的侠肝义胆的帅哥满怀好感。两个月后我成了他女朋友。又两个月后他告诉碎碎，他每天跟着我们去图书馆，去开水房，去小卖部，伺机与我相识，感谢她这次尾骨脱位，他等这一天已经很久了。

碎碎说呸。

栾盛擦一把T恤领子上的口水，说，反正你是我和六宝的红娘，反正我永远感谢你。

碎碎说谁想给你牵线了，我是想给六宝介绍土豪的。

以事实为依据，以结果为准绳。栾盛说。

—

2

人这辈子若不是太衰，总会有几次被馅饼砸中的经历，栾盛就是我的馅饼之一。只是我命太好，人生头二十年里，始终被各式馅饼包围，栾盛夹杂其间，并不起眼。我跟他好，基本算是临时起意，没有长远打算。我没料到他是那么好的人，我们会在一起超过六年。

当然，并不是所有姑娘都如我这般有眼无珠。当年我们学校BBS里有个长盛不衰的帖子，就是喜欢栾盛的女生们用来表白的。她们隔三差五发上栾盛在路边抽烟、在课堂睡觉、在食堂啃鸡腿的照片，并众口一词地说他无论干什么都帅。

有次一个网名CC女生发了张我和栾盛牵手回宿舍的背影，并留言说：我远远地跟在你后面，心里真难过。

又说，某人，被栾盛爱上是什么感觉？

碎碎把那照片转给我看，问，什么感觉？

我说挺好的感觉，但也没有过分的好。姐从初一开始谈恋爱，什么好男生没见过。

碎碎拿时尚杂志拍我。臭屁，太臭屁了。她说。可是你妈确实高明，把你生得这么美不胜收，比起来我妈真是low爆了。我恨我妈。

几天后栾盛陪我和碎碎去看画展，期间有个矮矮胖胖的女生过来跟栾树打招呼。

嗨，你也来啦。她说。

她故作自然镇定，但做得很不到位，眼神慌张羞赧，左手圈在胸前，右手扶在腰间，姿态失调得像被一条无形的绷带缠住的骨折病人。

栾盛随意地回应了她的招呼。她在转身走开时差点摔倒。

我连问这女孩是谁的兴趣都没有，还是栾盛告诉我们，她是他同乡。又补充说，就是发照片的那个CC。

我和碎碎这才想再看一下，但抬眼望去，早没人了——也许她还在，但混进人群里就难以辨别。

实在太不起眼了。碎碎说。

真是。我说，现在你多少能原谅你妈了吧？

—
3

大学毕业前我又见过那个CC两次。

一次是我和栾盛看完电影出来，她提着一个大尼龙袋子等在宿舍楼门口，慌张地交给栾盛，说是她哥哥从老家带来的土特产，希望栾盛喜欢。那袋子里塞满了熏火腿，地瓜干，卤煮咸花生，确实都是栾盛喜欢的。当然，我也喜欢。栾盛分了一大半给我，我和碎碎在宿舍里吃着它们看韩剧时，碎碎长吁短叹，说，可怜那姑娘的一片心了。

第二次见CC是我考英语四级的前一周，栾盛请已经过了专八的CC帮我找一份复习资料。她很快找到了，专门送到我宿舍。我正洗澡，临时围了条浴巾出来。她一边交代资料的情况，一边像色狼一样打量我。没有栾盛在场，她说话利落明快，条理清晰，临走还赞了我：你真漂亮。我也想回赞她一下，但实在找不着方向，搜肠刮肚半天，才憋出一句：真羡慕你英语那么好。她已经走出门了，又站住，回头，笑呵呵地说，我羡慕你才对。

说实话我不太理解这姑娘。她怎么想的呢？她神色那么诚恳，完全看不出恶意、恨意、仇人相见的敌意。

心胸还真宽广。我想。当然，我对她亦无敌意，我也很宽广。

皇后娘娘对一个小宫女能有什么敌意。碎碎说。

—
4

我在大四最后一次机会里，通过了四级考试，有惊无险地拿到了毕业证。这是我整个大学达成的唯一专业成就，其他各类证书我连影子都没见过。于是我的简历单薄得令人忧伤，在个人介绍那一栏，我绞尽脑汁都想不出哪怕一条能引起用人单位HR注目的优点，总不能写热衷珠宝、时装、美食、化妆品吧?

我为此忧惧了一阵子。好在有栾盛一直在旁宽慰，他早早地签了一家上市公司，薪金可观。

别怕，我养你。他说。

那一刻我觉得栾盛真爷们。我像只癞皮狗一样甜蜜地蹭着他的胳膊，说，那么，就辛苦你啦。

最终我去了一家广告公司，不久又跳到一家化妆品公司，然后又转去一家电器公司。

但那都不是我想做的工作，最后我挂靠在一家模特公司做模特。活不多，钱也不多，但自由。大部分时间，我不必早起，不必挖空心思想策划，不必开令人昏昏欲睡的会。我只要保养好自己的身体发肤，保持一如既往的美貌就好了。

大学白上了，碎碎说，但你也是天生丽质难自弃。

碎碎已经如愿觅到了宝马王子，正用尽花招把他往民政局拐。难啊，她晃着手上硕大的蓝宝石戒指说，路漫漫其修远兮。

但好处是眼前的，我不时会借碎碎的范思哲皮衣或者江诗丹顿粉红金小腕表出去干活。模特这行，你知道的，一切浮华浮夸的表面现象都要做足，否则别人就会觉得你很便宜。那些和我一起出工的女孩们个个名牌傍身，冷傲抖擞得像清晨正准备唤出太阳的大公鸡。

我不能比她们差。这话我对栾盛说过很多次。

我还说，除了男朋友不如她们男朋友有钱，别的我哪点差了？

栾盛洗着袜子说，我们现在应该考虑全款买房的事。

我感到烦躁。

后来碎碎和宝马王子请我们吃大餐，我提起这事，宝马王子立刻说，下次我给你也带一份。

下次他果然给我带了一块江诗丹顿小腕表。趁碎碎和栾盛不在，他熟练地帮我戴上，还捏着我的手深情款款地说，表再美，不如这手腕美。

我心情很复杂，我开始跟栾盛吵架。每次把借碎碎的东西还回去时，我都迁怒于栾盛。

我们会有钱的，栾盛说，但不是现在。

我说我等不及。

你怎么变成这样了。栾盛说。

我只是看清了真正的现实。我说。

一
5

分手是栾盛提的。他讲得认真决绝，但我并不难过。因为我不信。到他收拾好了衣物交代好未尽事宜开车离去，我都没相信。我想他是在努力演好这出戏，以恫吓我，让我警醒和深思。

他那么爱我，怎么舍得分开？

但接下来的一个月，他音讯皆无。我试着联络他，也都被敷衍搪塞。

我才慌张起来，才试着往另一个方向推测，莫非，是真的？这念头一起，我便遁入了绝境。我悲恸难平。我心如刀割。我也爱他啊。

碎碎代我去问。栾盛说，他也很难过，但不会回头了，因为已经有了新女友。

你知道是谁吗？碎碎回来后问我。是那个CC，CC！

我花了好大力气才想起CC是谁。想起后不禁大喜：栾盛耍我们啊。他这个谎说的多没诚意，他怎么可能跟那个傻妞在一起。

碎碎忧虑地摇头，六宝，我觉得是真的，栾盛说CC为他改变了很多，而他也想要跟一个独立体贴的人过一辈子，他也希望有人为他做饭拖地洗袜子，他也需要安全感。

—
6

事情变得不好玩了。

经过碎碎周密安排，我们跟栾盛和CC偶遇过一次。

在一家西餐馆，我看着他们并肩走进来。CC踩着细高跟，步态妖娆，腰身曼妙，小香风短裙优雅得体，嫩白小圆脸娇俏可人。

哪里还是那个一见就让人涌出“我妈把我生成这样也可以了”的优越感的胖妞！

我们四个坐了一会儿，胡乱聊了些咖啡好不好喝慕斯好不好吃的鬼话题。CC说她在英国读博时，就是靠一杯杯不加奶也不加糖涩得没人性的咖啡撑着，才读完一篇篇同样涩得没人性的英文论著的。

不努力怎么办！她对我说，我天资太差，哪像你。

我无语。碎碎帮我找话题，说栾盛你胖了。栾盛笑笑，说，CC做饭太好吃。

CC说，栾盛做得也不错啊，还会自己熨衬衫缝扣子。栾盛又笑笑，说，是六宝的功劳。

我再次无语。

他们很快告辞。俩人一起上了栾盛那辆我曾引以为耻的雪佛兰，CC坐在驾驶座，单手操控方向盘，麻利地从极狭小的车位里钻出来，款款而去。

我眼睁睁看着，万念俱灰。那辆车的方向盘我一次都没摸过，我曾理所当然地以为那属于栾盛，他理应无怨无悔地带着我，去任何我想去的地方。

但这世界哪有什么理所当然。

你本来遥遥领先的。碎碎说。

我想起了龟兔赛跑的故事。没错，我本来是那只遥遥领先的兔子，有大把的资本偷懒贪玩，但在我高枕无忧酣然大睡时，后面的乌龟追了上来，攫取了我的胜利果实。

现在那乌龟站上了领奖台，而我如梦方醒，面对这不能复来的比赛结果，不知要花多少勇气才敢承认，馅饼飞了，我完败。

图书在版编目（CIP）数据

你来了，我就不挑了 / 李月亮著. -- 南京 : 江苏凤凰文艺出版社, 2016

ISBN 978-7-5399-9525-0

Ⅰ. ①你… Ⅱ. ①李… Ⅲ. ①短篇小说—小说集—中国—当代 Ⅳ. ①I247.7

中国版本图书馆CIP数据核字(2016)第175689号

书　　名	你来了，我就不挑了
作　　者	李月亮
出版统筹	黄小初　周亚林
出 品 人	崔　佳
责任编辑	姚　丽
特约策划	刘会艳
责任监制	刘　巍　江伟明
出版发行	凤凰出版传媒股份有限公司 江苏凤凰文艺出版社
出版社地址	南京市中央路165号，邮编：210009
出版社网址	http://www.jswenyi.com
经　　销	凤凰出版传媒股份有限公司
印　　刷	北京建泰印刷有限公司
开　　本	880×1230毫米 1/32
字　　数	200千字
印　　张	7.5
版　　次	2016年12月第1版　2016年12月第1次印刷
标准书号	ISBN 978-7-5399-9525-0
定　　价	36.00元